占い日本茶カフェ「迷い猫」

標野 凪

文芸文庫

○本表紙デザイン＋ロゴ＝川上成夫

売茶翁花に隠るゝ身なりけり　漱石

大正三年　手帳に記す
『漱石全集　第十七巻』（岩波書店）より

目次

目次・章扉デザイン――岡本歌織（next door design）

占い日本茶カフェ「迷い猫」

第1話

氷茶ができるまで三十分お待ちください

【茶】玉露　福岡県八女市星野村産　氷茶
【水】不老水　福岡県福岡市　香椎宮
【菓】鶏卵素麺(たばね)　松屋利右衛門
【器】白と黒の器　ギャラリー下川提供

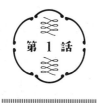

「えっと……保温ポットは貸してもらえるし、客席数は四だから、洗い物のことを考えても急須《きゅうす》は五個あればいいか」

スマホに届いたメールを確認しながら、茶器が並んだ食器棚の前に立つ。一、二……と数えて黒の萬古焼《ばんこやき》の急須を梱包《こんぽう》し、旅行用の赤いトランクに詰めていく。しばらく考えてから、もうひとつ手に取る。

「割っちゃうんだよね……」

そう。つまずいた拍子にトランクごと倒したり、準備中に慌てて「ガチャリ」となったことはこれまでも数知れず。予備はあったに越したことはない。とはいえ細腕の、もとい、腕力にはわりかし自信がある私ではあるが、ひとりで持ち運べる量にも限界がある。そのあたりのバランスにはいつも頭を悩まされる。

あれこれ考えた末、六個の急須が収まった。これで機内に持ち込める三十リットルサイズのトランクの半分が埋まった。鮮やかな朱にほんの一滴黒を加えたぐらいの濃い赤色が、これから出かける旅の気分を盛り立ててくれる。

夏も終わりに近づいているとはいえ、少し動くだけでも額に汗がにじんでくる。私はリモコンを取り上げて、エアコンの風量を強くした。

「さてと」

あとはカラフルな絵柄の日本手ぬぐいを十枚ほど。食器やテーブルを拭《ふ》く布巾《ふきん》として使うのはもちろんだけれど、道具の上にかぶせれば、埃《ほこり》よけや目隠しにもなる。空気を含んだ柔らかい生地は、茶道具の隙間《すきま》を埋めるのにもいい。おかげで破損もいくぶん防げる。広げればフェイスタオルほどにもなるのに、薄いからコンパクトに畳《たた》め、濡《ぬ》れてもすぐに乾く……と何かと便利なのだ。

だまされたと思って、一家に一枚、いや十枚。悪いようには致しません。などと怪しいセールスマンを気取っている場合じゃない。準備の続きだ。

茶葉は現地調達。だからアルミ製の茶缶は空っぽにして持っていく。それから砂時計（一分計）、茶葉をすくって量るための木製の茶さじ、湯冷まし用の片口《かたくち》なんかをフタ付きの杉の箱に入れていく。

私が「お道具箱」と呼んでいるこの木箱、フタを裏返すと立ち上がりのあるトレーになり、ちょっとした作業スペースに早変わりする。厚みのある木の肌は、食器への当たりもやさしい。多少、道具に水分が残っていても、湿気を吸ってくれるので片付けにバタついているときにも助かる。その上、杉のほのかな香りが移って、なんともいい匂いにしてくれるという嬉しいオマケが付く。こちらも手ぬぐい同様、頼れる相方なのだ。

トランクの残り半分にこのお道具箱を入れたら荷造り完了……と思ったら、入れるはずのスペースが、いつの間にやらすっかり埋まっていた。すっぽりと機嫌よく

はまっている真っ黒い毛のかたまりを、両手で

「うんせ」

と持ち上げると、お腹《なか》の白い毛がこちらを向いて頬《ほお》をくすぐった。その隙に、急いでお道具箱をトランクに入れ、フタを閉じた。

エクレアのように胴体の上と下とで白黒の二色にわかれ、顔は目から上が黒、下は裾野《すその》の長い富士山のような形で白くなった柄を「はちわれ」という。心地よい寝床を奪われ、フタの閉じられたトランクを不満そうに一瞥《いちべつ》し、それから前足をスライドさせて伸びをした。

旅の相方はもうひとつ。いや一匹。このはちわれ柄の猫だ。

「つづみ、明日、お出かけだからね。いい子にしててね」

声をかけると、前足でしきりに顔を撫《な》でる仕草で彼なりの洗顔をしたかと思うと、ふいと動きを止め、ベッドに飛び乗った。そして器用にくるりと丸まった。

「いけない。朝、早いんだった。私も寝なきゃ」

エアコンのおやすみタイマーと、スマホのアラームをセットしてからつづみの隣に滑り込み、ふかふかの体に顔を埋めた。ブランケットに包まれ、やがて眠りに落ちた。

＊

　今回の出張先『ギャラリー下川《しもかわ》』は、福岡県福岡市の博多《はかた》区にある。羽田空港から福岡空港までは飛行機で約二時間。空港から直通で出ている地下鉄に十分も乗れば到着だ。

　イベントは明日の十二時から。準備を考えても、前日の昼に東京を出発すれば余裕だ。でも今朝《けさ》早起きしたのにはわけがある。福岡に行ったらぜひとも訪れておきたいところがあったのだ。メールで伝えたら
「あら、それなら車でご案内しますよ」

と『ギャラリー下川』のオーナー、早苗《さなえ》さんが返信をくれた。ありがたくご厚意に甘えることにした。

「たんぽぽさーん」

　空港ロビーで小柄な体の全部を使って出迎えてくれたのが、その早苗さんだ。ギャラリーのホームページに載っていたプロフィールには、日本画家のご主人と大学生になる息子さんの三人家族と書かれていたけれど、とてもそんな大きなお子さんがいらっしゃるようには見えない。足早に近づき

「お世話になります」

と頭を下げた。

如月《きさらぎ》たんぽぽ。それが私の名前だ。ハンドルネームかと勘違いされることもあるけれど、本名だ。黄色の花が春の訪れを感じさせてくれ、派手さはなくとも、素朴で誰にでも愛される草花。そして風に乗って舞う綿毛のように自由に生きてほしい。両親は私の名前にそんな願いを込めてくれた。

早苗さんの屈託《くったく》のない笑顔と気さくな雰囲気は、初対面だということを忘れそうになるほどだ。駐車場に向かいながら、楽しそうにいう。

「まあ、おりこうさんなのねえ」

褒《ほ》められたのは今年三十二歳になった私……ではない。早苗さんが目を細めて覗《のぞ》き込んだのは、私が左肩に提《さ》げている焦げ茶色のキャリーバッグの中だ。格子になった窓ごしに、つづみが無愛想ながらちらりと顔を上げた。


高速道路に乗り、インターを降りてからはくねくねと続く山道を登る。なんでも公共交通機関を使うと、バスや電車を乗り継いで、となかなかに不便なところにあるらしい。車を出してくれた早苗さんに感謝だ。やがてなだらかなカーブを描くブルーの屋根があらわれた。

「この先が『星の文化館』っていう施設で、立派な天文台があるのよ」

日が暮れると、施設内の望遠鏡を覗くまでもなく、澄んだ空気の中、降るような星空を楽しめるという。息子さんが小さな頃には、早苗さん一家も夏休みのキャンプで訪れたりしたそうだ。

でも今日のお目当てはこちら。山あいの風景に溶け込むように佇《たたず》む『茶の文化館』だ。

広々としたホールに入ると、お茶の歴史や種類を紹介するパネル展示が並び、その奥に赤い和傘が目印の喫茶コーナーが設けられている。入り口で貰《もら》ったパンフレットによれば、二階には畳敷きの茶室もあるようだ。

早速、喫茶コーナーでお茶を注文する。

玉露《ぎょくろ》の産地、福岡県八女《やめ》市の星野《ほしの》村に、『しずく茶』という飲み方でお茶をいただける施設がある。以前そんな情報を見つけて、是が非でも行かねば、と思っていたのだ。

食いしん坊なら旅先で、土地の名物を食べずには帰れないだろうし、呑《の》み助なら、地酒を飲まずにいられるか！　となるだろう。それと同じだ。私は美味《お》しいお茶があると知ったなら、それをみすみすやり過ごすなんざ、武士の風上《かざかみ》ならぬ茶人の風上にも置けない、となるわけなのだ。もっとも私は茶人なんて由緒正しいものではなく、単なる茶好きなわけで、しかも、出張先で使う茶葉の仕入れと試飲を兼ねて、であることは否《いな》めないのだけれど。

まあぐだぐだとした言い訳めいた話はさておき、とにかくお茶だ。席に着くと、ほどなくしてお盆に載ったフタ付きの茶器が用意される。白磁《はくじ》の湯のみの中には、松葉のような濃い緑の茶葉が入っていた。最高級の星野産の玉露だ。

飲み方の説明を受ける。その間に、片口に用意された湯が、適温に冷まされていく。冷ました湯を茶葉がひたひたになるくらいまで注いだら、湯のみにフタをしてしばらく待つ。やがて飲み頃の目安となる砂時計の砂が落ち切った。

「飲んでみましょうか」

向かいに座っている早苗さんに声をかけ、フタをずらし、その隙間に口をつける。途端に甘い香りに包まれた。湯のみを傾けると、ほんの数滴の「しずく」が舌の上に静かに落ちた。

旨《うま》みがぎゅっと凝縮された濃厚な味わいに

「これはお茶のエスプレッソね」

早苗さんがいう。

二煎《せん》めは、やや熱いお湯を注ぐ。先ほどの甘い旨みにわずかに苦みが加わった。

「美味しい！」

「ホッとするわねー」

自然と笑《え》みがこぼれた。美味しいものは人を笑顔にする。お茶はそれにリラックスという効果も加えて、人と人の心を近づける。そんな気がする。

三煎までしみじみ堪能《たんのう》させてもらった。

館内の売店で頃合いの茶葉も購入。試飲オッケー、仕入れオッケー、美味しいお茶のおかげで、気分も絶好調だ。

「ばっちりです！」

「他に寄るところあるかしら？」

車に乗り込みながら、早苗さんが聞いてくれる。

「いえ。あとは博多で……、この神社ご存知ですか？」

あらかじめ調べてあったスマホの画面を運転席の早苗さんに見せる。

「もちろん。有名な神社よ。もしかして成功祈願？」

それもしなくちゃ、だ。

「明日使うお水をいただきに行くんです」

「あ、それでこれ？」

合点《がてん》がいった、と頷《うなず》いて、後部座席から二本の空のペットボトルを手に掲げた。前もってお願いしてあったものだ。

「はい。あとで汲《く》みに行ってきます」

出向いた先の水を使って、その土地で育った葉でお茶をいれる。それは私が出張日本茶カフェをはじめたときから守っていることだ。

出張カフェとは、イベントや店舗の一角で開く出店のようなものだ。バザーや地元食材のフェア、デパートの食器売り場、ライブ会場や映画館なんかにも出張したことがある。けれど、たいがいは今回のようなギャラリーや個人経営の店舗に呼ばれることが多い。

依頼はたいていSNSのダイレクトメッセージで届く。その後、依頼主とメールでやり取りしながら詳細を詰めていく。

私がいただくギャラは、旅費に材料などの経費を含めたものになるのだが、内容や予算はオーダーメイド。依頼主の希望とこちらの条件を擦《す》り合わせて、当日を迎える。

「それにしても、つづみくん、本当におとなしいのね」

ペットボトルを戻しながら、座席の上に置いた焦げ茶色のキャリーバッグを首を傾《かし》げながら覗き見て、早苗さんが感心したようにいう。

出張カフェとはいえ、都内近郊で日帰りができる仕事もある。でも当然そればかりではない。遠方ともなると数日間、家を空けることもある。つづみを誰かに預けることも考えたけれど、それも簡単ではない。最初は不安を感じながら連れて出かけた。でもそれは杞憂《きゆう》だったようだ。

「なんだかつづみ、お出かけが好きみたいなんです」

「そうなのね。うちのお客さんとこの猫ちゃんは、キャリーバッグを出しただけで逃げ回って、それはもう大騒ぎだっておっしゃっていたわよ。恐ろしい呪《のろ》いのようななき声で、この世の果てーみたいな顔をするんですって」

　早苗さんが声を上げて笑う。

「それはそれでかわいいですね。よく犬は人に付く、猫は家に付くっていいますもんね。つづみは変わっているんですよ」

　まあその物怖《ものお》じしない性格のおかげで、こうして気兼ねなく出張先の仕事場に連れてこられるのだ。えらいぞ、と心で呟《つぶや》き、後部座席にこっそりウインクしてみせた。

「ところで明日使う器は、こちらで用意したもので本当にいいのかしら？　地元の作家ばかりじゃないのよ」

　改まったように早苗さんがいう。

「もちろんです。ぜひ使わせてください」

　現地の茶葉に水、それに加えて予算が許せば、菓子や器も土地のものを用意したい。でもそこは依頼主からの希望を聞き入れつつ臨機応変に。

今回は『ギャラリー下川』で陶芸や金工の作家をセレクトした企画展が開催される。その一角でお茶を出してほしいと依頼された。その際に、できれば使う器は出展作品の中から選んでほしい、ともいわれていた。作品は全《すべ》て商品として販売される。実際にカフェで使ってみせることで、宣伝効果にもなるからだ。

車は住宅地の中に入り、やがて、大きなガラスのエントランスと外壁に使われた白木のあんばいがいい建物の前に止まった。控えめにぽつりと建つ姿は、昔、絵本の中で見た家を思い起こさせるかわいらしさだ。

「おつかれさまでした」

そういいながら早苗さんが車のドアロックを解除する。

「こちらこそ、ありがとうございました」

と頭を下げて車を降り、連れ立って『ギャラリー下川』の店内に入る。

コンクリートの床の上には、すでに各地の作家から荷物が届いていて、まさに開《かい》梱《こん》作業の途中といった様子だ。緩衝材《かんしょうざい》に包まれた器たちが、陳列されるのをまだかまだかと待っていた。

「検品はこれからなんですが、手に取ってくださって大丈夫ですよ。明日、使えそうなものがあったらピックアップしておいてくださいね」

粉引《こひき》の小鉢や焼き締めのマグカップ、黒漆《くろうるし》のカトラリーなど、上質ながら日常の暮らしの中でも気軽に使えそうなものばかりだ。手にのせてみると、温もりが感じられ、豊かな気持ちになった。

乳白色の漆喰《しっくい》の壁には、金具で吊《つ》って飾る掛け花用の黒い焼きものに、蔓《つる》のあるひょろりとした草が一本、生けられている。

「利休草《りきゅうそう》」

早苗さんが蔓の先に手を添えて、植物の名前を教えてくれる。

「へえ。千利休さんと関係あるんですかねえ」

「どうかしら」

由来は不明のようだ。だが

「茶花に使いやすいから、そんな名が付いたのかもね」

という早苗さんの考察になるほど、と頷く。

お茶席の床の間に飾る花を茶花という。侘《わ》びを尊ぶ茶道では、華やかな大輪の花ではなく、野に咲く草花などが好まれるという。ささやかで控えめなのに、強く心に訴えかける。黒い花器に映える生き生きとした淡い緑色に、見とれてしまった。

その隣に目を移すと、キャンバスを張った三十センチ四方くらいの小さなパネルが飾られていた。ペールグレーと呼ばれる薄いグレーとくすんだピンクが不規則な

線を描いている小品だ。眺めている私に
「夫の作品なのよ」

と早苗さんがいった。

「油絵もされるんですか？」

早苗さんのご主人は日本画の作家だが、この作品は幾何学《きかがく》的な構図の抽象画だ。淡く靄《もや》のかかったような色調は、どこか海外の空気を漂わせている。

「これも日本画なのよ。岩絵具《いわえのぐ》を膠《にかわ》で溶く日本画独自の手法で描いているの」

日本画といえば墨や金を使った花鳥風月、と思っていたけれど、そればかりではないようだ。軽やかなタッチがギャラリーの雰囲気に溶け込んでいる。

明日使わせてもらう器を見繕《みつくろ》って、キッチンの設備を下見させてもらっているうちに、もう十四時近くになっている。

「お水、汲みに行ってきます」

香椎宮《かしいぐう》の水汲み所が開放されているのは十五時までだ。送迎を申し出てくれるも、早苗さんも目下設営の真っただ中だ。道順を教えてもらい、バスで行くことにした。

大通りに出てすぐのところにあるバス停に行くと、幸いにも待つことなくバスが到着し、三十分も乗ると、目の前に立派な鳥居があらわれた。目的地の水汲み所は、神社の裏の先にあるらしい。案内板を頼りに住宅地を歩いていくと、木戸に守られた井戸に辿《たど》り着いた。

早苗さんが用意してくれた二本のペットボトルを満水にする。サイトによると、この水を汲んで飲食に使っていたところ、三百歳まで生きた、という武内大臣《たけのうちのおおおみ》の逸話《いつわ》にあやかって『不老水《ふろうすい》』と呼ばれているそうだ。

「不老かあ」

年を重ねるのは悪くない、と思う。特に早苗さんのように素敵な年上の女性に会うと、その想いがより強くなる。澄《す》み切った水に触れて、なんだかおおらかな気持ちになった。

「美味しいお茶がいれられますように」

手を合わせた。

『ギャラリー下川』に戻ると、さきほどまで雑然としていた店内がすっかり片付いていた。明日からはじまる企画展を前に、作品たちが凜《りん》とした空気を纏《まと》って、整然と並んでいる。

「これ、お手数おかけしちゃいますが」

説明をしながら、汲みたての水が入った二本のペットボトルを手渡す。

「了解です」

早苗さんがペットボトルを摑《つか》んだ手をひょいと上げた。

夕飯に誘っていただいたけれど、まだやることがある。

「では明日、どうぞよろしくお願いします」

きちんと姿勢を正して頭を下げると
「こちらこそ。たんぽぽさんのお茶とタロット占い、楽しみにしています」

と早苗さんにお辞儀を返されてしまった。そして私は焦げ茶色のキャリーバッグを肩から提げる。

「んなっ」

つづみのひしゃげたようななき声に、顔を見合わせて笑った。


猫を連れてホテルに泊まれるの？　と思うだろう。ところが「ペットと泊まれる宿」なんて触れ込みで宣伝している旅館やホテルも結構あるのだ。それだけじゃない。最近は「民泊」と呼ばれる個人経営の宿泊施設が各地にある。専用のポータルサイトでは場所や日程などの条件を入れて、選びたい放題だ。「ペット連れ可」を謳《うた》っている宿もあるし、サイトには明記していなくても、交渉次第で融通が利くこともある。

今回の宿泊場所もポータルサイトから選んだ民泊。博多駅から歩いて五分ほどのところにあるマンションの一室だ。ウイークリーマンションの日貸し、といったイメージだろうか。食器や調理器具も揃《そろ》っていて、簡単な料理もでき、洗濯機や乾燥機も自由に使える。

宿に入る前に駅ビルで買い物をする。土産物コーナーに立ち寄ると、所望のお菓子はすぐに見つかった。鮮やかな濃い黄色が目に飛び込んでくる。卵黄を蜜《みつ》で固めて棒状にした砂糖菓子、『鶏卵素麺《けいらんそうめん》』だ。名前の通り、素麵の乾麺のような細長い形状が特徴だが、食べやすいように一口大に切り揃え、細切りの昆布《こんぶ》で束ね、水引《みずひき》のように結んだものも売られている。「たばね」と書かれたその商品を購入した。

それから博多の工芸品を集めたコーナーも覗いてみる。上品な顔立ちの博多人形や粋な文様が連なる博多織の小物に小石原焼《こいしわらやき》の器。

どっしりとした厚みがあり素朴な味わいの小石原焼は、大分の小鹿田焼《おんたやき》とは兄弟釜にあたる。茶に灰色の混ざった色あいに、飛《と》び鉋《かんな》という技法を使った、引っ搔《か》き傷のような短い線が続くデザインも小鹿田焼によく似ている。

このデザイン、ろくろにのせた器の表面にヘラを当てて作るそうだ。ヘラが飛び跳ねながら削られていくことから、飛び鉋と呼ばれているという。以前出張した、民藝を扱う店の主人から教えてもらったことを思い出しながら深鉢をひとつ手に取る。

煮物を盛ったら合いそうだ。そういえば筑前煮《ちくぜんに》ってこのあたりのものだったっけ。お腹が空いてきたせいか、食べ物のことが頭をよぎる。

「でも、薄づくりで珍しい色……っていいっていたからなあ」

そっと商品棚に戻した。

*

イベント当日。開店の約一時間前、十一時を少しまわったくらいに『ギャラリー下川』に着くと、早苗さんがほうきでコンクリートの床を掃いていた。七分袖の黒のプルオーバーに白のコットンのギャザースカート姿。一方の私は白のパフスリーブのブラウスに黒のタックパンツ。

「上下、逆でしたね」

とほうきを左手に持ち替え、全身をこちらに見せて笑う。

企画展のタイトルは「白と黒」。さまざまな作風や材質のものが並ぶが、どれも白か黒を主体とした作品に統一する、と打ち合わせの際に聞いていた。そこから考えついた今日の洋服のコーデの狙《ねら》いが早苗さんとぴったり合った。嬉しくなる。

「沸かしたお湯はこちらのポットに。それから氷もできていますよ」

特注だというシステムキッチンに組み込まれた小型冷凍庫のトビラを開ける。格子に区切られた製氷器の中で、氷が輝いていた。

「純度が高いのかしらね。一度煮沸《しやふつ》して凍らせただけなのに、なんだか神々《こうごう》しい」

「『不老水』ですもんね。本当に三百年生きられそうですね」

と笑う。

「それから、これはつづみくん用」

見ると、切り株でできた台の上に、白磁の小鉢が二つ置かれている。ひとつには水。なみなみと注がれているのはこちらも『不老水』だという。

「わあ、特別待遇ですね。つづみ、よかったねえ」

キャリーバッグのフタを開けると、つづみがぬっと顔を出し、鼻をひくひくと動かしている。しばらく様子を窺《うかが》っていたかと思うと、つつつと切り株のほうに歩み寄った。私はトランクからチャック付きのビニール袋に小分けしてきたドライのペットフード、通称カリカリを取り出し、空のほうの小鉢に移す。

「配置はこんな感じでいいかしら」

早苗さんが店の奥にしつらえたカウンターに通してくれる。

白木の長テーブル二台を鉤《かぎ》形に配置したコーナーができている。ちょうどカタカナの「コ」の字の下の「一」を取った形だ。そこに四脚のスツールが並べられている。ここが本日の私、つまり『出張占い日本茶カフェ　迷い猫』のスペースだ。

早速準備に取りかかる。コーナーの中に入り、正面のテーブルの左隅にお道具箱、脇になる右側のテーブルに赤とオレンジのプリントで大柄の花がデザインされた布を広げた。北欧のテキスタイルブランドの布を切り売りしてもらい、大判のハンカチに仕立てたものだ。二つのテーブルの境目、角になったところにB5サイズの小さな黒板を置く。チョークで『お茶と占い　迷い猫』の文字。これが看板。

「よし」

と呟く。と同時に早速、本日最初のお客さんがあらわれた。会釈《えしゃく》をすると、私のブースに近づいてくる。

「あなたがたんぽぽさん？　美味しいお茶が飲めるって早苗さんから伺って、楽しみにしていたのよ」

早苗さんよりすこし年上だろうか。麻のロングワンピースにシルクのストールをはおったグレイヘアのマダムだ。

「田所《たどころ》さん、いつもありがとうございます」

早苗さんがにこやかに接客する。

「今回はずいぶんたくさんあるのねえ」

田所さんと呼ばれたそのマダムが、足早に店内を歩き回る。

「六名の作家による企画展なんです。九州だけじゃなく、全国から集めたんですよ。テイストはさまざまですが、白と黒をテーマに出展してもらったんです」

早苗さんが説明しながら田所さんに付いていく。

「どれもいいわねえ」

「ありがとうございます。比較的若い作家さんたちですが、力のある方ばかりです」

「迷っちゃうわ」

そう呟きながら、田所さんは作品を手に取ってはすぐに戻す。そうやって店内のほとんどのものを触っていく。

「では先にお茶はいかがですか？　展示はまたあとでゆっくりご覧になってください」

と私のところに誘導してくれた。

「いらっしゃいませ。お茶だけにされますか？　それとも占い付きにされますか？」

「たんぽぽさんの占い、人気なんですよ。よく当たるって」

早苗さんが一声かけてくれる。

「そうなの？　じゃあお茶と占い、両方お願いするわ」

田所さんを花柄の布を広げたテーブルに案内する。

「そうだわ。どのお品をわが家にお迎えすればいいかを占ってもらおうかしら」

そういって、どしり、とスツールに腰をおろした。


以前は東京都内の昔ながらの石畳の残る街で、古い民家を借りて、日本茶カフェを開いていた。建物の老朽化で取り壊しが決まり、店を閉めることになった。新しい場所を探すも、なかなか頃合いの物件が見つからない。場所がないなら、出向いてみるのはどうかと思いついた。ものは試しと自分の店のＳＮＳに
「出張カフェ承ります。どこへでもお道具箱ひとつで参上します」

と書いたところ、依頼がちらほら舞い込んできた。それが三年前。ちょうどつづみが私のところに来た頃のことだ。それから私の出張日本茶カフェがはじまった。

最初はお茶を出すだけだったのが、面と向かってゆっくりお茶を飲んでいると、つい本音が出るようだ。その場限りの気安さもある。うっかり人生相談になることが度々《たびたび》あった。

「占い館に来たみたいだなあ」

どっぷり話し込んだお客さんが、帰り際に冗談半分に漏《も》らした言葉に

「なるほど。それもアリかも」

と真に受けて、ターミナル駅のビルで開催されていたカルチャーセンターで全三回の初心者向けタロット占い講座を受けた。そんな付け焼き刃の自称タロティストだけれど、性に合っているのか「当たる」と評判になったりするのだからわからないものだ。


テーブルの花柄の布を右側にずらし、田所さんの前に小皿を置く。おひたしなどを盛る小鉢をひとまわり小さくしたサイズだ。キリッとした印象のものが多い今回の展示の中では、ややぽってりとしたあたたかい風合いの焼きものだ。

その小皿に、昨日買ってきた星野村の玉露を、茶さじ一杯盛る。その上に早苗さんが『不老水』で作っておいてくれた三センチ四方の立方体の氷をひとつ、トングで摑んで静かに置いた。

「何がはじまるのかしら。ワクワクしちゃうわ」

早苗さんも田所さんの後ろから興味深そうに見ている。

「少しずつ氷が溶けていって、お茶が抽出《ちゅうしゅつ》されるんです。気候や室温にもよるのですが……だいたい三十分くらい」

「え？　そんなに？」

田所さんが一瞬、尖《とが》った目を見せた。

「お時間大丈夫でしたか？」

先に聞かなくてはいけなかった。慌てて尋ねると

「時間だけはたっぷりあるのよ」

と困ったようにいって深く息をついた。

「ではお茶ができるまでの間、占いに入らせていただきます」

そういって、一歩横にずれて、花柄の布の正面に立った。ここが占いの場、つまり「即席占いの館」となる。白地に鮮やかなブルーの大きな水玉模様があしらわれたミニポーチから、タロットカードの束を取り出す。両手を重ねると手の中にすっぽり収まるミニサイズのカードでは、好奇心旺盛な猫たちがさまざまなポーズを取って、カードの意味を表現している。

ゴールドの縁取りのある濃紺の背景に、優勝トロフィーのようなトーチの中からこぶしを突き上げている白猫が描かれたカードの裏面を向け、花柄の布の上で両手でぐるぐると円を描くようにシャッフルした。

「こんなかわいい絵柄のカードがあるのねえ」

早苗さんが田所さんの横から覗き込む。

タロットカードは世界中にさまざまな種類のものが出回っている。アールヌーボ

ー調やオリエンタル風、植物をイメージしたものや昔話をモチーフにしたもの。絵柄だけでなく、円形やらミニチュアサイズなど形や大きさも無数にある。このカードはイタリア製だが、やんちゃな猫の表情がどことなくつづみに似ているのが気に入って愛用している。

カードは合計七十八枚で構成されているが、私はその中の「大アルカナ」と呼ばれる二十二枚を使って占っている。

「えっと、どの作品をご購入されるか、ですよね。具体的にこれ、というのではなく選ばれる際のアドバイスになりますが、よろしいですか？」

占いの内容を確認する。広げた二十二枚のカードをいったんひとつにまとめてから、目分量で三等分する。その三つの山をひとつに重ね直して布の中央に置いた。ここまでがルーティン。占いの最初に必ずやることだ。

ここでふうっと一呼吸。田所さんが息を詰めて見守る。ちょうど新しいお客さんが入ってきたところだ。早苗さんは接客のためにそっと席を外れた。

山の上から数枚、今回は二枚のカードを横に置いた。そして、一番上にあらわれたカードの表をゆっくり返して田所さんの前に置いた。ワンオラクルという、一枚のカードだけで判断する、手軽で最もポピュラーな占い方だ。

開いたカードは白猫と黒猫が曳《ひ》く馬車、ならぬ猫車の上に威勢のいい表情の猫が乗った絵柄、〈戦車〉だ。それが私から見て天地が逆さになった姿でめくられた。この逆さの状態をタロット占いでは「逆位置」と呼んで、正位置のカードとは少しだけ意味合いが変化する。

「戦車の逆位置ですね」

「戦車？　どういう結果なの？」

田所さんがせかすように私を見た。

挑戦や勝利を意味する〈戦車〉のカード、それが逆位置だと勢いの空回りや見かけだおしの自信、といった意味にもなる。感情まかせではなく冷静な判断が必要だというアドバイスだ。

「ぱっと見の派手さよりも、長く使えそうなものを選ぶとよさそうですよ。色は白や黒などのはっきりした色、と出ていますから、今回の中ならどれを選んでも間違いないです」

田所さんがぼんやりした表情を浮かべる。満足のいく答えになっていなかったろうか、ちょっと不安になる。

タロットカードは生年月日や時間を基準にする占星術などと違い、明確な解答にはならない。受け取り方の幅が広い。そこが魅力なのだけど、人によっては物足りないと感じることもあるかもしれない。

頭の中でそんなことを考えながら、目を左の小皿に移す。茶葉に載った氷が、さきほどの四分の三くらいの大きさにまで溶けている。

「そろそろお茶が飲み頃ですね」

おしぼりで手を清めるように促してから

「左手に小皿を持って、右手の人差し指で氷を軽く押してみてください」

と説明すると、田所さんがいぶかしげな表情で小皿を持ち上げ氷に触れる。

「あっ」

「水分が茶葉から出ますよね。小皿に直接口をつけて飲んでみてください」

「このまま?」

おそるおそる、皿から液体をすすった田所さんが目を丸くした。

「どんなですか?」

接客が一段落したのか、早苗さんも様子を窺いに来た。

「甘い!」

毎度のことながら、この第一声が聞けるまではそわそわと落ち着かない。でもこうして想像していた以上のリアクションを貰えるとホッとするを通り越して

「でしょ?　でしょ?」

と嬉しくなる。単純にできているのだ。

「昨日いただいたお茶をアレンジしてみたんです」

と早苗さんにいう。『茶の文化館』では、フタ付きの湯のみに入れた茶葉に、少量の冷ましたお湯を注ぎ、フタの隙間からすすって飲む『しずく茶』を提供していた。それをヒントにした。

上質な煎茶《せんちゃ》や玉露は、温度を下げたお湯で抽出すると旨みが引き出される。氷はいわば究極に低い温度の「お湯」だ。これを使って三十分もの時間をかけてじっくり抽出した。名付けて『しずく氷茶』だ。

「驚いたわー」

田所さんが感心したように私を見るので
「いえいえ、私じゃなくてお茶がえらいんですよ」

と笑った。

「さっきの占いだけど……」

田所さんが小皿に目を落としたままいう。

「はい」

やはりもう少し具体的なアドバイスのほうがよかっただろうか。

「たった一滴のお茶でこんなにも満たされるのね。私、いつもあまり考えずに、手当たり次第どんどん買ってしまっていたけれど、そうじゃないのかもしれないわ」

あれ？　と思った。さきほどまで険《けわ》しい顔つきで落ち着かないそぶりをしていた田所さんの表情が和《やわ》らいでいるのだ。

そして、いったんテーブルに置いた小皿をもう一度手にする。

「この小皿もいいわよね。地味で最初は気にも留めなかったけど、こうして使ってみて、よさがわかったわ」

「一見シンプルですが、入れるものによって表情が変わるので楽しめると思いますよ。このサイズだと薬味入れか醤油《しょうゆ》皿って思いがちですが、ドライフルーツやスナックを置いたり……」

「おまんじゅう一個とかね。食べすぎなくていいかも」

田所さんがくすりと笑う。

「ピクルスやプチトマトもいいですね」

という早苗さんに

「それ、かわいい！」

私と田所さんも賛同する。

「じゃあ早苗さん、この小皿と、あとそっちの……」

といいかけ

「いえ、今日はこれだけにするわ。この一枚を大切に使ってみようかしら」

いとおしそうに小皿に両手を添えた。

こうした展示メインの企画展では、カフェに寄らずに作品だけ見て帰る客が大半だ。だが今回はギャラリーの和《なご》やかな雰囲気のせいか、来店客のほとんどがお茶を飲んでいってくれる。しかも「氷茶ができるまで三十分」というと、占い付きで、となるわけで、自《おの》ずと長居になる。四つのスツールが全て埋まる時間帯もあった。

占いといえば、駅ビルの一角なんかでカーテンに囲まれた場所が頃合いだろう。人に聞かれたくない相談事を秘密裏に。でも場合によっては開けたところで偶然同席した人たちと占い結果を聞くというのも楽しみだと思う。会場によっては一対一で占うこともあるけれど、こうやっていくつかの席を並べながら和気あいあいと賑《にぎ》やかにやるのも、お茶ができるまでの余興のようで面白い。

夕方の気配を感じはじめた頃、客足がぱたりと途絶えて静かになった。その合間を見計らったかのように、裏の勝手口がそろりと開いた。

「あら、今日はずっとアトリエかと思っていたわ」

早苗さんが声をかけると

「美味しいお茶が飲めるっていうから」

豊かな白髪にレモンイエローのサマーセーター姿の男性が控えめに微笑《ほほえ》む。

「夫の下川広志《ひろし》です。こちら、今回お世話になっている如月たんぽぽさん」

「おじゃましています」

頭を下げると
「いやいや、ここは早苗の店だから」

と顔の前で手を左右に振る仕草を見せ
「中庭の奥が自宅で、その二階が私のアトリエなんです」

と教えてくれる。

「お茶も占いも、みなさん喜んでくださっていますよ」

早苗さんがいってくれ
「それはそれは」

と広志さんも笑顔を見せる。

「早苗さんが上手に誘導してくださるからです」

恐縮しながら首をすくめた。

「私も一杯いただけるかな?」

「もちろんです」

席にご案内する。

「面白いお茶なのよ。みなさんびっくりしていくもの」

早苗さんの声を聞きながら、広志さんがスツールに腰掛ける。

すると、店の隅から「カリカリ」という小気味のいい音が聞こえてきた。お客さんがいなくなって安心したのか、つづみがドライフードを食べている。

「おや？」

広志さんが目を丸くする。

「うちの猫なんです」

「連れて歩いているの？」

広志さんの質問に
「そうなんですって。おとなしくていい子なのよ」

早苗さんがつづみの頭をそっと撫でて答える。

「あ、まさか……」

広志さんが勘ぐるような視線を送る。

「どうされましたか？」

「あの猫がエサを食べている器、もしかして目玉商品なんじゃないのか？」

「え？　早苗さん、そうだったんですか？」

私が驚いて顔を上げると、早苗さんがきょとんとする。

「あら、よくわかったわね。これ、実は今回の私のイチオシなのよ」

「やっぱり」

広志さんがにやりとする。

「いやね、落語であるんだよ、そういう噺《はなし》が。猫が使っていた皿が実は価値のあるものだった……っていう」

私は落語家よろしく、ポンと膝《ひざ》を打った。

「『猫の皿』、ですね」

「お、知っていましたか」

落語は父の趣味だ。いまでも実家に戻ると
「三三《さんざ》あにさんはいいなあ」

なんて落語家に弟子入りしたかのようなことをいってみたり
「一朝《いっちょう》の江戸ことばは耳に心地がいい」

だの
「さん喬《きょう》の人情噺は年末に聴きたい」

などといっぱしの評論家みたいなことをぶつぶついったりしながら、テレビの中継やらラジオやらをしょっちゅう流している。最近はオンラインで配信する寄席《よせ》もあるらしく、この間も実家に帰ったら、父がタブレットを前に大笑いしていた。

そんな環境に育ったせいか、自然と私も古典落語のいくつかは覚えてしまった。

『猫の皿』はこんな噺だ。

骨董屋《こっとうや》の商人が、品物を探して歩いているが、なかなかいいものに出会えない。疲れて入った茶店で、店の猫がエサを食べている皿に目を奪われる。なぜならそれは高価な高麗《こうらい》茶碗だったからだ。なんとかしてこの茶碗を手に入れようと、商人は画策する。そこで

「このかわいい猫ちゃんを私に貰えないだろうか」

と茶店の主人に申し出る。

「こんな汚い猫をですか？」

と驚く茶店の主人。

「ええ。どうしても連れて帰りたいので三両ではいかがだろうか」

と値段交渉が成立する。

「ところで、普段と違う皿じゃあ、エサを食べにくかろう。その皿も一緒に持っていくよ」

といよいよ本題に入る。

「いやいや、この皿は渡せません。これは三百両はする高麗茶碗ですから」

と茶店の主人。知っていながらなんだってこんな汚い猫のエサの皿にしているん

だと憤慨《ふんがい》する商人に
「そうすると、たまに猫が三両で売れるからですよ」
とサゲになる。
なんとも洒落《しやれ》ていて、わかりやすいので、私も好きな演目だ。
「早苗さんもこの噺をご存知だったんですか？」
私が聞くと、首を横に振って
「たまたまよ」
と笑う。
「猫を売ってくれ、なんていうお客はいなかったか？」
という広志さんに
「三両積まれても売っちゃ駄目ですよ」
私が切実に訴える。すると
「猫は売りませんでしたけど、今日一番売り上げたのが、この作家さんの作品だったのよ。つづみくんがモデルをやってくれたおかげね」
などと早苗さんが嬉しいことをいってくれた。そして
「それにしてもその骨董商、そんなに欲しい皿だったら、回りくどいことしないで最初から『その皿を売ってくれ』っていえばよかったじゃないの」

と呆《あき》れたようにいう。

「いやいや、それじゃあ風情《ふぜい》ってもんがなあ」

広志さんが私に同意を求める。

「じゃあ広志さんも、これが高麗茶碗なんじゃないかって思われたんですね」

「そうそう」

嬉しそうに広志さんが頷くと
「これは有田《ありた》の若い作家さんの作品ですよ」

早苗さんが教えてくれた。

「有田ってそういえば九州でしたよね」

全国行脚《あんぎゃ》しておきながら、恥ずかしながら地理には疎《うと》い。おそるおそる聞いてみる。

「そう、お隣の佐賀県。ほら、昨日『茶の文化館』で飲んだお茶も有田焼のお湯のみだったわよ」

「あの赤絵の？」

艶《あで》やかな絵が施された湯のみは、真っ白い肌を通し、表面にお茶の色が透けるくらいに薄かったことを思い出す。

薄づくり……。

「そうか、有田か……」

心の中で呟いた。

「きれいだなあ、こうやって氷ごしに見ると茶葉が生きているみたいだ」

広志さんの声にモードを切り替えた。ぼんやりしている場合ではない。氷がほどよく溶けている。飲み方の説明をする。広志さんが小皿を手のひらにのせ、首を左右に動かしながら茶葉を眺めてから、ゆっくり口に運ぶ。一口飲んで
「漱石《そうせき》か……」

妙なことをいう。

「え？」

聞き返してみるが、広志さんは小さく頷くだけだ。

「この舌にぽたり、って載ったやつは、もう出汁《だし》だなって思って」

「はい。お茶の旨み成分のテアニンです。アミノ酸の一種なので、出汁、というのはその通りだと思います」

「テアニン？」

「テアニンってすごいんですよ。甘みや旨みだけでなく、リラックス効果があることが証明されているんです。しかも食品の中では、キノコの一種とお茶にしか含まれていないんですよ」

「お茶を飲むとホッとするっていうのは、イメージからだけじゃなくて、科学的な根拠があるわけなんだな」

そういってから
「飲み終えても、いつまでも香りが残っているよ。食道から胃のなかへ……か、なるほど、その通りだな」

口を閉じて鼻からゆっくり息を吐く。静かに目をつむり、余韻《よいん》を楽しんでくれているようだ。

「このまま水を足してもいいのですが」

そういいながら、私は小皿の茶葉を急須に移す。ポットから熱いお湯を入れ、すぐに湯のみに注いだ。焼き締めの湯のみは、お茶の色が見えない分、香りがダイレクトに伝わる。

「お菓子も一緒にどうぞ」

束状の黄色い菓子を粉引の豆皿に載せ、黒文字を添えて出す。あたたかみのある白い陶器に鮮やかな黄色が映えてパッと明るくなった。

「お、『鶏卵素麺』だね」

砂糖をふんだんに使って作られたとても甘いこのお菓子は、福岡の銘菓だ。地元の人には馴染《なじ》み深い味だろう。

「熱いお湯でいれたお茶は、苦みや渋みが加わって甘いお菓子にも負けませんよ」

「作法はあるのかな？」

広志さんが湯のみと菓子皿を交互に見ていう。

「お煎茶にも、煎茶道という、抹茶《まっちゃ》でいうところの茶道のようなものがあるんですが、私はお作法は気にしていません。美味しく飲めればそれでいいって思っているので」

「そういってもらえると安心するよ。お茶って聞くとどうしても格式ばった気持ちになって居心地が悪いんだよ」

肩を上下させて笑う。お作法のあるお茶は理にかなった所作《しょさ》があり、とても美しい。でもそればかりでなくてもいいじゃないか、と思う。私はもっと気楽にお茶を楽しんでもらいたい。だってお茶っていつでも身近にある「当たり前の風景」だったはずじゃないか。

母方の祖母が山で育てていた茶園を思い出す。私の実家は静岡県の浜松市《はままつ》にある。静岡県はお茶処だ。産地としては県中西部にある牧之原《まきのはら》台地が特に有名だが、茶園は県内のあちらこちらにある。祖母は浜松の市街地から山のほうに行ったところに茶園を持っていた。

「うちの茶葉は人様にお売りするようなたいそうなもんじゃないけど、家族が一年中、美味しく飲めて健康でいられるように、って育てているんだよ」

その茶葉を譲り受けたのが、私が日本茶カフェをはじめたきっかけだ。いままでは茶園も閉じてしまって、祖母の育てた葉を使うことはできないけれど、心意気だけは継承しているつもりだ。もっともまだまだ未熟者だけれども。そしてそんな心の師匠の祖母に、いつか恩返しをしたい。

――おばあちゃん、私がきっと見つけてあげるから。

そう心の中で誓ってから、しみじみとお茶を堪能している広志さんに向き直る。

「しいていうなら、煎茶は味が繊細なので、一煎めはお茶だけを楽しみ、二煎め以降にお菓子を食べるのがいいと思います」

「確かに。さっきの旨みの強いお茶は、お菓子いらずの甘さだったよ。いまのこの熱くてちょっと苦みもあるお茶には甘いもんが合う。面白いもんだなあ」

「煎を重ねるごとに湯温を変えて、何通りもの味の変化を楽しめるのが、煎茶や玉露の面白さだと思います」

閉店が近づいてきて、駆け込み客が数人やってきた。店が賑やかさを取り戻す。早苗さんが接客に戻るのを見届けると、広志さんが
「ひとつ占ってほしいんだが」

と声を潜《ひそ》めた。

「かしこまりました」

花柄の布の上で、こぶしを上げた猫のカードをシャッフルしながら
「何を占いましょうか」

と尋ねる。

「これから先どんな作品を描けばいいのかを模索しているところなんだよ。日本画なんて簡単に売れるようなもんじゃないだろ。でもほら、私も一応一家の主なわけだから、早苗にもあんまり苦労をかけたくないじゃない。家計のことを考えれば、もっと売れやすいものがいいんじゃないか、なんてあれこれ試しているうちに、スランプっていうのかな？」

苦笑しながら続ける。

「お恥ずかしながら、最近はほとんど絵筆を持っていないんだよ」

「わかりました。ではスランプを脱出できる方法を見てみましょうか」

そう答えて三等分したカードの山をひとつにまとめた。深く一呼吸。そして上から五枚のカードを十字に並べていった。クロススプレッドという並べ方だ。そして順にカードを表に返していった。

一見する。五枚のカードのうち四枚は私から見て絵柄の天地が逆さになった「逆位置」だ。少しばかり混乱して、後ろ向きになっている状況がよくあらわれてい

る。詳しく一枚ずつ見ていく。タロットは、とても自由な占いだ。解答の出し方だけでなく、配置の意味や並べ方すらも占う人によって違う。本人が「これ」と決めたルールに従うまでだ。私は占い講座で教わったやり方をベースに、自分なりの解釈でアレンジしている。

まずは現状を示す手前のカード。これは〈力〉の逆位置。前に進めなくなっているいまの姿そのものだ。その上のカードはそれを妨害している原因。不安や恐怖を示す〈月〉の逆位置だ。このカードの左に置かれたのは〈審判〉の逆位置。右には〈女教皇〉の正位置が並んだ。後悔せず、正直に自分を見つめることが大切だと出ている。

「どうですかねえ」

心配そうに肩をすぼめる広志さんに

「なかなかいいカードが出ましたよ」

と伝える。

「お！」

顔が明るくなった。

「いくつかの不安が重なってスランプになったのだと思いますが、あれこれ悩んでいても答えは出ないかもしれません。いっそ、素直になって、本当に描きたいものを描かれてみてはいかがでしょう」

「なるほど。頭で悩んでいるよりも、自分の気持ちが大切だってことなのかな」

「そうみたいです。これはご自分が本当に望んでいることを表すカードなんですが」

といって、一番上に置かれた五枚めのカードをさす。〈戦車〉の逆位置。今日一番に小皿を買っていってくれた田所さんと同じカードだ。この場合は、冷静になっていまの計画を見直す、と理解していいだろう。

「私は何を望んでいるのでしょう」

自分のことなのにおかしいですが……と頭を搔く。

「これまで思い込んできたこと、例えば、これは売れない、とか、売れるものを描こうと思われてきたことを変えたいんだと思います」

それを聞いて、広志さんが二度、三度頷く。そして
「ずっと描いてみたいって思っていたテーマがあるんだよ」

広志さんの目の先では、早苗さんが表の看板をしまっている。

「閉店まで居座って、こりゃ無粋な客になっちゃったな。私はこれで失礼するよ」

裏口からご自宅のほうへ戻っていく。足取りが心なしか軽そうで、私も嬉しくなった。

「あの人なんて？」

その後ろ姿を見送りながら、早苗さんが私に声をかける。占いの内容は、家族とはいえ守秘義務がある。だから
「やさしい方ですね」

とだけ伝えると、早苗さんがくすぐったそうに笑った。

「早苗さんもお茶、一杯いかがですか？」

「いいの？　もう片付けでしょ」

依頼主には事前に試飲をしてもらうこともあるが、会場に訪れるのが直前だったり、準備が慌ただしかったりすると、なかなか難しい。いったん開店してしまうと、こちらも余裕がなくなる。だからこうして閉店後に、依頼主への「おつかれさま」の意味も込めて、一杯もてなすことも多い。

「そう思って、少し前に用意しておいたんです」

ほどよく氷が溶けて、たっぷり水分を含んだ氷茶を差し出す。

「お客さんの感嘆の声ばかり聞いていて、羨《うらや》ましくって」

嬉しそうにいって、小皿に口をつける。

「わっ！　お茶が甘いってこういうことだったのね」

大きな目が、さらに見開かれる。瞳がキラリと輝いた。

「お茶には、旨みと苦みと渋みの成分が入っているんですが、旨みだけを抽出すると、こんな甘みが感じられるんです」

「ほんとに。いつまでも香りが口に残るわ。それにしてもきれいな茶葉だこと」

清らかな氷の下で、茶葉がジュエリーのように輝いている。

「召し上がってみませんか？」

「え？　これを？」

小皿と私の顔を交互に見る。

「冷蔵庫のポン酢、お借りしてもいいですか？」

「ポン酢？　ああこの間、ここでマルシェをやったときに販売した大分の柚子《ゆず》ポン酢ね。それ美味しいのよ。でも何に？」

ぽかんとするのも致し方ない。

「茶葉にかけるんです」

ハテナ顔の早苗さんの手から小皿を受け取り、溶けかけの氷を取り除くと深緑色の茶葉が顔を出した。そこにポン酢を数滴たらす。

「どうぞ」

添えた箸《はし》で、早苗さんが茶葉をつまみ、口に運ぶ。

「これは！」

「柔らかくて、爽《さわ》やか。全然苦くないのね。このままおつまみの一品にでもなりそうだわ」

「どうですか？」

「ほうれん草のおひたしみたいな感じでしょうかね」

「いや、ほうれん草より美味しいんじゃないかな。春野菜のような瑞々《みずみず》しさ……アッパレよ」

「そんなお褒めをいただき」

ついご機嫌になってしまう。

「お茶っ葉が食べられるなんて知らなかったわ」

「どの茶葉でも、というわけではないんです。玉露は葉が柔らかくて旨みも豊富なので美味しく食べられるんですが、普通の煎茶だとなかなかこうはいかなくて」

「美味しくないの？」

「苦いですね、やっぱり。硬くて口に残るし」

「なるほど」

「なので、これぱっかりは玉露の産地ならではの贅沢《ぜいたく》な楽しみ方ですね」

玉露は朝夕の気温差が大きい山あいで、新芽が開きはじめた頃から二十日ほど覆《おお》いをかぶせて丁寧に育てられる。手間がかかる上に、産地も限られる。そのため高価にはなってしまうが、こうしてとことんまで楽しめるのだから、かえってお手頃なのでは、とも思える。

「お茶ってビタミンCなどの栄養素が豊富なんですが、こうしてそれを丸ごといただけるんですから……」

「なんだか力が湧《わ》いてきたわ」

早苗さんが握りこぶしを作って笑う。一日の接客を終え緊張がほぐれたのか、笑顔に彩りがある。

「よかったら占いもいかがですか？」

「帰りの時間は大丈夫？」

窓ガラスごしに外を見る。東京より日の入りが遅いのだろう。まだうっすらと夕方の気配が残っている。東京に戻る前に寄ってみたいところも見つかった。いずれにせよ、今夜は博多にもう一泊するつもりだ。

「逆にお店は大丈夫ですか？」

『ギャラリー下川』での「白と黒」の企画展はこの先も数日間続く。

「ええ。明日もこのままだから。夫はどうせアトリエに籠《こも》りっぱなしだし」

ご自宅のほうに目をやった。

「では、何を占いましょうか」

「今日もずっと考えていたんだけど……。このギャラリー、いつまで続けようかしらって」

「え？　ギャラリー閉められるんですか？」

「はっきりとそう決めたわけじゃなんだけど、ほら、今日もお客さん、そんなに多くなかったでしょ」

　上目遣いで苦笑する。

　午後のひとときや閉店前はそれなりに賑わった。しかし、確かに大盛況とはいい難かった。作品を購入している人もごく数人のように見受けられた。今回、私はカフェの売り上げの出来高払いではなく、交通費や宿泊費などの必要経費に一日分のギャラを合わせた金額をいただいていた。おそらくギャラリーの収益的には赤字だったろう。

「せっかくたんぽぽさんにいらしていただいたのに、お恥ずかしい結果で」

「とんでもない。こちらこそ力不足ですみません」

「違うのよ」

　ふっとため息を漏らしてから続ける。

「たんぽぽさんの出張カフェで売り上げに繋《つな》げようって思っていたんじゃなくって、私もこんな洒落たことを思いつくのよ、って格好付けたかったのよ」

静かにとつとつと話す。

「では占ってみますね。ギャラリーのこれから、ということでよろしいでしょうか」

シャッフルして三つに分けたカードの山をひとつにまとめ、上から一枚ずつめくって並べていく。早苗さんと私の前で三枚のカードが表の絵を見せた。

一枚めのカードは、冠をかぶった女王猫が肘《ひじ》掛《か》け椅子《いす》に座った絵柄だ。足元では子猫がじゃれ合っている。それが天地が逆さになって置かれている。次は、頭巾《ずきん》姿で神妙な表情の猫が暗がりの中でランタンを灯《とも》している絵柄。天地は正しい位置、つまり正位置だ。三枚めのカードは、旅支度で断崖《だんがい》絶壁を闊歩《かっぽ》しているカード。こちらも正位置だ。少しとぼけた表情と、足にまとわりつく子猫が微笑ましい絵柄だ。

「スリーオラクルというやり方で、ギャラリーの過去、現在、未来を占ってみました」

一枚め、私から見て左に置いた過去を表すカードは〈女帝〉だ。慈愛や母性を意味する。このカードは天地がひっくり返った状態の逆位置になると、強さが少し上回り、過度な愛情、恋愛などでは重すぎると感じられることもある、という結果だ。

　真ん中に置かれたカードは現在の状態を表している。

「このカード、私はヨーダって呼んでいるんですよ」

〈隠者〉のカードを指さしていう。自分自身を冷静に見ている状態を意味している、とされているカードだ。

「『スター・ウォーズ』の？」

「ええ。この絵を見て直感的に」

「そういわれてみれば……」

「なのでここは私なりの解釈もあるのですが、悟っているとかわかっている、ってことかな、と」

　右に置かれた未来を示すカードは、〈愚者〉。自由を謳っている。先は読めないけれど楽しみに満ちている、と読むことができる。

「というと？」

「以前は何かに縛《しば》られて、がんじがらめになりながら義務的にしていらしたことを、いまは深く考えている最中なのだと思います。これからはそんな呪縛《じゅばく》から解放されて、のびのびと自由に楽しく運営されるのがいいのではないでしょうか」

　一通り、カードの説明をし終えて早苗さんを見ると、目が少し潤《うる》んでいる。

「がんじがらめに……。確かにそう。このギャラリーね、最初は夫の絵をできるだけたくさんの方にお見せしたくてはじめたのよ。でも絵に興味を持ってくれる人ばかりじゃないでしょ。それで私の好みで手仕事の作家さんの器や雑貨をこうして紹介しているんだけど、本来の目的からどんどん離れていくみたいで、何をやっているんだろうって」

「でも、楽しみにされている常連さんもいらっしゃるじゃないですか。ほら開店直後も」

今日、一番乗りで来ていたお客さんを思い出す。

「田所さん？　彼女ね、買い物依存症なの。数年前にご主人を亡くされて、心の隙間を埋めるように買い物を」

店内の作品をくまなく手に取って歩いていた姿が頭をよぎる。

「そんな買い物の仕方、絶対本人にもよくないし、物にも失礼だって思うの。でも売り上げに繋がるからって私、これまで見て見ぬふりをしてきたのよ。情けないでしょ。でも今日、たんぽぽさんが……」

長く使えるものを、という占いの結果を受け、田所さんは小皿をひとつだけ買っていった。

「いけない！　私、ご商売のじゃまをしちゃいましたね。もっと売り上げに貢献するようなアドバイスをすべきでした」

痛恨《つうこん》のミスに頭を抱える。

「いいえ。私、嬉しかったの。田所さんがあの小皿一枚を大切そうに持ち帰っていかれる姿を見て。ああよかった、って」

「ギャラリーを続けていたおかげですね」

「え？」

「早苗さんはお客さんのそういう喜びを見たくてやっていらっしゃるんじゃないですか？　それに広志さんも、早苗さんが伸び伸びと好きなことをされているのを見るのが嬉しいんじゃないでしょうか」

「そうかしら」

といいながら、壁にかかったペールグレーとくすんだピンクのパネルに目をやる。

「夫のため、なんてエラそうにいっていたけど、本当は私のために彼が与えてくれたものなのかもしれないわね」

それから茶葉を盛った器に目を戻す。

「お茶は熱々をふーふーいって飲むものとばかり思っていたわ。でも氷で抽出したり、こうやって食べたり。正解なんてないのよね」

「はい。冷たいのに飽きたら熱いお湯を注いで、それでまた違った味わいが楽しめるんです」

「そうよね。ゴールはひとつじゃないものね」

「それに、さっき早苗さんおっしゃっていたじゃないですか。最初から欲しいものをいえばいいのに……って」

「落語の？」

「だから回り道じゃなく、まっすぐにご自身のやりたいことをやればいいんですよ」

そういってから、そういえば広志さんも同じだな、と思った。本当に好きなものを描かずに、家計のために売れる絵、人気のあるもの、と遠回りをしてきた。お二人はお互いを想い合っているからこそ、回り道をしていたのかもしれない。でもその道のりはなんて清らかで美しいのだろう、と思った。

「それからこれ、お渡し忘れていましたが『迷い猫カード』です」

猫の形に切り抜いた名刺大のカードを早苗さんに手渡す。

「迷い猫カード？」

「ええ。私からのお手紙のようなものなんですが、その日占った中から、おひとりにだけお渡しするようにしているんです。手帳にでも挟んでおいてください」

ま　毎日を
よ　よきものにする
い　逸品は
ね　根っからの笑顔と
こ　心のやさしさ

カードを見て、早苗さんがふふっと笑った。

「ありがとうございます。大切にします」

さっき、広志さんが帰り際にこそっといっていたっけ。

「ずっと描いてみたいって思っていたテーマがあるんだよ。それをいま、どうしても描きたいんだ」

自分の気持ちに正直になることが大切だという占い結果を聞いて、心が決まったようだ。

「新作ですか？」

尋ねると
「人物を描いてみようかと」

商売だけを念頭に置くと、人物画は躊躇《ちゅうちょ》する分野だという。

「彼女のね、あのとびきりの笑顔を……」

そういいながら、早苗さんをちらりと見やる。

「描かれたことないんですか？」

「いや、出会った頃は描いたりもしたんだけどね。それも学生の頃の話だよ。でも、いまの彼女を描いてみたくなったんだ。輝くような瞳を印象的なモチーフにして……」

すでに頭の中に完成した絵が見えているようだ。

さきほど交わしたそんな会話を思い出すが、これは内緒だ。


「さてと」

水を飲み終えたつづみを抱える。

「これ、ありがとうございました」

つづみ用にお借りした小鉢を手にする。よく見ると白磁に藍《あい》色の染め付けで小さな魚の絵があしらわれていた。

「明日は博多観光かしら？」

「有田に行ってみようと思っているんです」

決めかねていたが、この小鉢を見て、やっぱり行こう、と思った。

「陶器市の季節じゃないのが残念だけど、それでも焼きものの街の雰囲気は十分楽しめるわよ」

つづみが名残《なご》り惜しそうに、器の縁をペロリと舐《な》めた。

私はタロットカードを水玉模様のポーチにしまい、花柄の布を丁寧に折り畳んだ。それからお道具箱へとお茶の道具を片付けた。大きく開いた窓の外はすっかり暮れ、『ギャラリー下川』の店内では白と黒の器たちがひっそりと並びながら、私の作業を見守っていた。

＊

出発の朝は早い。まだ目覚めきっていないつづみを入れたキャリーバッグを左肩にかけ、右手で赤いトランクをひく。博多から出ている高速バスで伊万里《いまり》を経由していく行き方もある。伊万里も陶芸の里だ。

昨夜、宿に戻ってからネットで調べた情報によると、江戸時代、有田で作られた磁器は、伊万里港から各地へ出荷されていたため、「伊万里焼」と呼ばれていたそうだ。現在「古伊万里」といわれているのがそれだ。いまのように有田で製造されたものは有田焼、伊万里で作られたものは伊万里焼と区分されるようになったのは明治以降のことらしい。

「伊万里かあ。寄りたいけど……」

キャリーバッグの中をちらりと覗くと、つづみが前足に顎《あご》をのせてそっぽを向いている。

「今日は有田って決めたんだもんね」

有田は日本ではじめて磁器が作られた街だ。時間も限られている。先を急ごう。

博多駅から特急に乗り電車を乗り継いで、お昼前に上有田駅に着く。早苗さんの話では、ここから有田駅まで続く皿山《さらやま》通りに窯元《かまもと》直営の店や資料館、老舗《しにせ》の陶器会社のギャラリーなどがあるらしい。スマホでチェックしながら歩いていく。店々の店頭に掘り出し物のようなお手頃価格の器が並んでいたりと、歩いているだけでも楽しい。

うきうきしていると、肩から提げたキャリーバッグの中がもぞもぞっと動いた。格子状になった窓から覗くと、つづみが前方をじっと見ている。その視線を辿っていくと、古めかしい建物が一軒。近づいてみると、看板の文字がずいぶんとかすれてはいるが『骨董　酒井《さかい》』と読めた。

「あるかもね」

バッグの中のつづみに話しかけてみるが、すでに興味を失ったのか、丸くなって眠りに落ちてしまっている。

ガラガラと音を出す引き戸を開ける。しんと静まりかえった店内には、所狭しと皿や鉢が並んでいた。年代物の器を中心に扱う店のようだ。

「おじゃまします」

声をかけると、店の奥の磨《す》りガラスが開いた。水色の洗いざらした半袖シャツにグレーのコットンパンツ、鼻にかけた眼鏡を上げながら

「はいはい」

と店主が出てきた。年の頃は七十代、いやもっと上かもしれない。

「あの、ちょっとお伺いします。阡鐵《せんてつ》の焼きものを探しているのですが……」

すると店主は一瞬驚いたような表情を見せた。

「その名前、久しぶりに聞いたなあ」

「ご存知ですか?」

「もちろん。ちょうど私がこの店をはじめた頃だったな。いっぺんに十だか十五だかが売られたって仲間うちで噂《うわさ》になって。私も欲しかったけど、なんせまだ若かったしなあ」

懐かしそうに目を細める。

「そうでしたか。今、どこで手に入るかわかりますか?」

「頻繁には出回ってないんじゃないかな」

顎に手をやる。

事情を話すと
「旅行しながら探して歩いているのか?」

といって右手の赤いトランクを指さして、ちらりとつづみの入ったキャリーバッグに目をやった。

「いえ、仕事です。日本茶の出張カフェをしているんです。このトランクの中に茶道具を入れて、依頼があった先や自分から出向いた場所でお茶をいれたりしているんです」

「ほお。さしずめ現代の売茶翁《ばいさおう》ってとこだな」

「なんですか?　バイ……」

「知らないのか?　僧名を月海元昭《げっかいげんしょう》、またの名を売茶翁。晩年に還俗《げんぞく》してからは高遊外《こうゆうがい》と名乗っていた佐賀出身の僧だよ。江戸時代、京都で通仙亭《つうせんてい》という茶店を開き、半僧半俗として観光地なんかでお茶を振る舞っては、人々に禅の教えをささげる人生を送った人だよ」

「そんな方がいらしたんですね」

「侘《わ》び茶の祖の千利休に対し、煎茶の祖ともいわれているんだが、意外と知られていないんだな。ほら、あんたのそれで調べてみたら出てくるんじゃないか？」

そういって私が握りしめていたスマホを指さす。すかさずいわれた通りの文字を入力して検索すると、何やらサイケな風貌《ふうぼう》のおじいさんの絵がいくつも表示された。

「この人ですか？」

想像していたお坊さんのイメージとは全然違う。

「おお、それそれ。若冲《じゃくちゅう》が描いた売茶翁だよ」

「え？　伊藤《いとう》若冲ですか？」

絵画に詳しくない私でも知っている。江戸時代の画家で、特にここ最近の江戸ブームの中で再評価され、注目を浴びるようになった。全国各地で開催される展覧会には行列ができるほどの人気だ。

「晩年、親交があったようだよ。そもそも『若冲』って名前は売茶翁の若き友人の大典顕常《だいてんけんじょう》が命名したんだけど、もとはといえば大典が売茶翁の煎茶器に書いた中国の漢詩が由来だ、っていわれているんだ」

「若冲のルーツ……」

「ほら、『動植綵絵《どうしょくさいえ》』ってあるだろ」

長年かけて完成させたという三十枚の精密画。若冲の代表作だ。

「あれの製作過程を見た売茶翁が『丹青活手妙通神《たんせいかつしゅのみょうかみにつうず》』、つまり、すばらしい絵画の技は神にも通ずるって一行書で評価したんだぞ」

「それがきっかけで完成に導かれたんですか？」

「励みにはなったろうね」

店主の話だと、完成した『動植綵絵』は売茶翁が晩年暮らしていた相国寺《しょうこくじ》に寄進されたが、いまは売茶翁の一行書とともに皇室のものとなっているそうだ。

「若冲にとっては、憧れの人だったんですね」

「そう。その文言をそのまま遊印《ゆういん》にして使っていたっていうんだから、よっぽど嬉しかったんじゃないか？」

『丹青活手妙通神』の遊印、つまり文字をデザインした印鑑は『動植綵絵』を代表する「蓮池遊魚図《れんちゆうぎょず》」や「牡丹小禽図《ぼたんしょうきんず》」に押されているのが確認されているらしい。

江戸時代の京文化を彩ったといわれるあの若冲の理想の人物。

「全然存じ上げずに、出張日本茶カフェなんてやって、売茶翁さんに笑われますね」

「彼はお茶代はただでもいいけど、それ以上はまけないよ、といってね」

「え？　ただよりまけない……って、そもそもそれは無理じゃないですか？」

私が真顔で反論すると
「お金が払えないならただでもいいですよ、っていうのを洒落た表現でいったんだよ。そんなふうに気さくに茶を振る舞っていた人だから、きっと、あんたのことも草葉の陰から喜んでくださっているよ」

――茶銭は黄金百鎰《ひゃくいつ》よりは半文銭まではくれ次第。ただのみも勝手。ただよりはまけもうさず。――

お金を入れるための竹筒にそう書いていたそうだ。若冲もそれに倣《なら》って絵一点を米一斗《と》で売っては、自らのことを米斗翁《べいとおう》と呼んでいたという。

「これからどっかに呼ばれているのか？」

そういいながら、白磁の湯のみが差し出された。

「いえ。昨日博多のギャラリーでお茶をいれてきて、その帰りです。これから東京に戻ります」

出された湯のみに入っているのはお茶ではなく水だ。喉《のど》の渇《かわ》きにまかせ、一気に口に含んだ。

「美味しい……」

「『竜門《りゅうもん》の清水《せいすい》』っていう有田の山にある湧《わ》き水。汲み置きしているんだよ」

「これでお茶をいれたら美味しいだろうな……」

呟くと

「売茶翁も鴨川《かもがわ》の水や高台寺《こうだいじ》のふもとから流れる菊渓《きくたに》の水を汲んでお茶をいれていたそうだよ。これ持って帰るか？」

と水のたっぷり入ったペットボトルを手渡された。お礼をいって店を出る私に店主が声をかける。

「茶只清心徳似仁《ちゃはただこころをきよむとくじんににたり》」

「え？」

「お茶はただ心を清らかにするだけだが、その功徳《くどく》は仁にも近い。売茶翁の言葉だよ。あんたの探しもの、いつか見つかるといいな」

深く頷いた。

ひとつの居場所を守ることも大切だ。でもこうして旅に出ながらお茶をいれるようになって、思わぬ出会いに巡りあうことがある。

時間をかけてだした氷茶は旨みが強い。焦《あせ》っていれたお茶は淡白になる。出会いは一期一会《いちごいちえ》でも、ひとつひとつに丁寧に真摯《しんし》に向き合えば、きっと実りという旨みに辿り着ける。

焦ることはない。じっくり、ゆっくり、粛々《しゅくしゅく》と。見上げた空にうろこ雲が流れていた。その瞬間、生まれたての秋の風が吹いた。

【茶】桃生茶　宮城県石巻産　手煎りほうじ茶
【水】ごくり　きらり　せんだい（ペットボトル入り水道水）
【菓】霜ばしら　九重本舗玉澤
【器】平清水焼　抹茶碗

第2話

ほうじ茶って最初から茶色じゃないんです

以前、本を買ったら、書店さんがかけてくれたブックカバーにこんな文字が並んでいた。

「雨、ひとり、読書。三つ揃《そろ》うだけで、ちょっといい日になりそう」

梅雨《つゆ》時のブックフェアだったのだろう。イラストの雨に濡《ぬ》れるカタツムリが傍《かたわ》らにいた。

その秋バージョンを私なりに勝手に作るとすると
「夜、お茶、読書。三つ……（以下同）」

となる。秋の夜はあたたかいお茶をおともに本を読むに限る。これを至福という。ちなみにここでいう秋の「読書」は私的にはエンタメ系のミステリを想定している。だけど今日は珍しくちょっとばかり堅苦しい本を開いている。

ペットボトルから電子ケトルに水を移して、スイッチオン。ほどなくすると「カチャッ」という音とともに電源がオフになる。沸騰した合図だ。湯気をもくもくさせながら、片口《かたくち》に注ぐ。その間に、茶さじで茶葉を急須《きゅうす》に一すくい。やや黄味がかった緑色で、葉の先っぽがくるりと丸まっているのは、釜《かま》炒《い》り茶の特徴だ。

茶園から摘《つ》み取った葉は、すぐに蒸して熱処理する。その後、揉《も》みながら乾燥して仕上げていくと、針のように細長い緑茶《りょくちゃ》が完成する。日本で作られているたいていの緑茶はこうして作られている。

一方、熱処理の工程で蒸す代わりに釜で炒って作られるのが釜炒り茶だ。こちらは中国茶で多く使われている手法だ。佐賀などごく一部の産地ではこの製法で緑茶が作られている。

いまいれているこの釜炒り茶も、佐賀県産だ。夏の終わり頃、出張日本茶カフェの仕事で福岡に行った。仕事の終わった翌日、有田焼《ありたやき》を見たくなって、有田に立ち寄った。その帰り際に見つけたお茶だ。

佐賀県産の茶葉売り場では「売茶翁《ばいさおう》の地元」とポップが躍《おど》っていて驚いた。その日、たまたま立ち寄った骨董屋《こっとうや》の主人に教えてもらったばかりの名前だったからだ。

「知らなかっただけで、かなり有名な人なんだなあ」

その隣には「栄西《えいさい》ゆかりの茶」の文字も。こちらは存じ上げている。栄西は宋《そう》から茶の種を持ち帰って、鎌倉時代に福岡と佐賀の境にある脊振山《せふりさん》でお茶の栽培をはじめたと伝えられている。お茶に関する日本最古の本『喫茶養生記《きっさようじょうき》』を書いた功績もある、日本にお茶や喫茶文化を広めた開祖みたいな人だ。

そんなことを思い出しているうちに、片口から立つ湯気がさっきの勢いを鎮《しず》め、たゆたうようになっている。手に持つと、器ごしにじんわりと熱が伝わってきた。片口から茶葉の入った急須に移し入れ、フタをする。頃合いをみてフタの中を覗《のぞ》いてみると、茶葉が水分を含んでぷっくりと膨らんでいる。

「うん、いいかも」

再びフタをし、急須を静かに傾けて湯のみに注ぐ。白磁《はくじ》の湯のみに黄金《こがね》色が広がった。顔を近づけると、釜炒り茶独特の「釜香《かまか》」と呼ばれる甘い香りが鼻孔《びこう》をくすぐる。口に含むと、花のような華やかさの中に、どっしりとした強さのある味わいが広がった。

「ふう」

深く息を吐くと、香りと味わいが鼻を通して口全体、いや体全体に染み渡った。水は『骨董　酒井《さかい》』でわけてもらった『竜門《りゅうもん》の清水《せいすい》』だ。白磁の湯のみは、店頭に並んでいた掘り出しもの。なんと三百円（税込）！　もちろん紛《まぎ》れもない本物の有田焼だ。絵柄にややにじみがあるB級品だといっていたが、正直、素人《しろうと》目には全然わからない。

湯のみをテーブルに戻し、さっき図書館で借りてきたばかりの本をめくった。伊藤若冲《いとうじやくちゆう》が描いた、杖《つえ》を手に、かくしゃくとした姿勢の、しかしどことなく笑《え》みをたたえた老人の絵が表紙になったハードカバー。煎茶の祖ともいわれ、京都の各所でお茶を振る舞いながら禅の教えを説き、半僧半俗として生涯を終えた売茶翁の伝記『売茶翁の生涯』だ。著者は米国人のノーマン・ワデル。その日本語訳だ。

「こういうのを逆輸入っていうのかな」

海外で注目され、それによって日本でも再評価されるようになったのは、若冲も同じかもしれない。何ものにもとらわれない自由な生き様が、海外の人の心を捉《とら》えたのだろう。

でもこの売茶翁、実はお茶関係の本には頻繁《ひんぱん》に登場していたことが、あとからわかった。私がいれ方や茶種を調べるのによく開いていた日本茶の参考書にも、コラム欄にしっかり紹介されていた。つまり見ていたにもかかわらず、頭に入っていなかったのだ。これは旅と同じだ。

例えばテレビの旅番組。行ったことのない場所だと「ふーん」で過ぎ去ってしまうのに、一度訪れた場所だと俄然《がぜん》興味を惹《ひ》く。そんなわけで、一度知ってしまった「売茶翁」なる人のことが、いきなり身近に感じられるようになったのだ。

福岡の出張から戻ってすぐに、売茶翁について書かれた本を探した。地元の区の図書館には所蔵がなく、リクエストカードを書いて、隣の区から相互貸借で貸し出してもらった。それでも数日で手元に届くのだから、ありがたいものだ。保護用のシートの上から、用心深くもう一枚ビニールのカバーがかかっているのは

「他の区からの借り物なので、大切に扱ってくださいね」

といわれているようで（実際そうなのだが）、自然、身がひきしまる。お茶をこ

ぼして……なんてもってのほかだ。私はページをめくっていた手をいったん止めて、お茶を一口すすった。

都内で日本茶カフェを開いていた私だが、建物の老朽化で店舗が立ち退《の》きになった。それを機に「出張カフェ承ります。どこへでもお道具箱ひとつで参上します」とSNSで告知したところ、依頼が届くようになった。内容や交通費を含めたギャラは交渉次第のオーダーメイドだ。

とはいえ、週末だけということがほとんどで、それも数回程度という月もある。さすがにそれだけでは収入が心もとないので、定期的にシェアキッチンを借りてカフェ営業をしている。

「遊ばせておくよりはいいから」

というオーナーの厚意で、使用料は光熱費程度と格安にしてもらっている。

そうなると実店舗を構えて家賃や維持費の心配をするよりも効率的で、シェアキッチンでのカフェと出張カフェの二段構えで収益的にもトントンといったところ。贅沢《ぜいたく》はできなくても、そこそこ暮らしていける。

それに、本来は家でお茶をすすって本を読んでいるのが好きな私がこうして全国を行脚《あんぎゃ》しているのには、ちょっとしたわけがある。

「さしずめ現代の売茶翁ってとこだな」

有田の骨董屋の主人の言葉を思い出す。京都の辻々《つじつじ》でお茶を振る舞う僧にあやかって……と思いながら本を読み進める。

佐賀の龍津寺《りゅうしんじ》の僧だった月海《げっかい》、のちの売茶翁は、修行のために佐賀から江戸を経由して、仙台に向かったという。

「佐賀の次は仙台か」

そう呟いたところで、スマホがメッセージを受信する「ポン」という軽快な音を立てた。

出張カフェの依頼だ。場所は……仙台だ！　あまりの偶然に驚いている私の目の前を、つづみがゆうゆうと横切った。

つづみとは、私の飼い猫のこと。はちわれ柄の肝《きも》の座った性格のオス猫で、出張先にはいつも連れて歩いている。『出張占い日本茶カフェ　迷い猫』のスタッフ……というよりもむしろ共同経営者といったふうだ。いや、つづみからしたら私のほうが従業員かもしれない。その「相方」もとい「主」は、ちらりとこちらを振り向いたきり興味を失ったようで、自分のお腹《なか》のあたりを器用に舐《な》めはじめていた。

——元禄《げんろく》十年の冬の朝、月海は、仙台への歩を進める。弱冠《じゃっかん》二十三歳、病気がちな自分を戒《いまし》めるための修行に赴く。親戚のよすがを頼りながら、修行先の安養寺《あんようじ》を目指す。そんな彼に冷たい雪が容赦《ようしゃ》なく降り掛かる。――

ふるさとを離れ、江戸を発《た》って仙台に向かった若き日の売茶翁のことを思う。そしてすっかり日の暮れるのが早くなった窓の外を見る。

「仙台か。もう肌寒いかもね」

依頼内容を確認し、受けられる旨《むね》とこまかな段取りや条件などを調整すべく、返信メールの作成をはじめた。

*

東北新幹線を降りて、駅の外に出る。

「青い！」

つい口を突いてしまった。空が青いのだ。つまり空気が澄んでいるということだ。すっと息を吸ったら、街中だというのに、山の頂《いただき》にいるような爽快《そうかい》な気分になった。

「まずはお水」

向かったのは湧《わ》き水の流れる山あい……ではなく、市街地にある市役所だ。整備された大通りは街路樹の手入れも行き届いていて美しい。スマホのナビを頼りに歩いていくと、市役所はすぐに見つかった。ここの地階にあるコンビニで仙台の水道水を詰めたペットボトル『ごくり　きらり　せんだい』が購入できるのだ。

もちろん宮城県にも多くの採水地がある。でもあいにく、どこも自力で行くには難しい。調べていたところ、仙台の水道水は良質で、それが街の魅力のアピールにもなっているという。震災の体験を踏まえ、こうしてボトリングされたものが市内の数カ所で購入できるようになっている。今回はこの水を使ってみようと思った。

水の次はお菓子の調達だ。アーケード街の中でもひときわ重厚な店構えは老舗《しにせ》の風格を漂わせている。店内では看板商品の丸いブルーの缶がカウンターの中央に陳列され、「冬限定」の文字が躍る。

「これこれ」

いそいそとピンクの包装紙に包まれた箱をひとつ手に取る。

出張カフェでは、その土地の水で、そこでとれた茶葉を使う。そう決めている。可能ならそこの銘菓をお茶請けにし、地元の焼きものの器も使いたいと思っている。今回はありがたいことに予算に余裕があった。使う茶葉はオンラインで注文して、すでに会場に届けてもらってある。

「さて、あとは器だ」

商店街をぐるりと見渡してみるが、それらしい店が見つからない。仕方ない。本当は歩いて出会いたいところだが、ここは文明の利器に頼るか。バッグからスマホを取り出し、あれこれ検索をかけてみる。

「あれ？」

仙台の名店を紹介するサイトの中に興味深い店名を見つけた。

「お菓子は買っちゃったけど……」

口コミサイトから店のアクセスを調べ、地図を保存した。仙台駅前からバスが出ているようだ。スマホの画面を乗り換えアプリに切り替える。バスの本数も多く、目的地の最寄《もよ》りの停留所までは駅前から十分もかからずに到着するようだ。

「まだ早いし、ちょっと寄ってみようか。器も探さなきゃいけないけど、いいよね」

自分にいい聞かせただけなのに、肩にかけたキャリーバッグが傾《かし》いで
「んなっ」

と返事がきた。

「つづみもそう思うの？」

格子窓を覗くと、相変わらず我関せずの表情だ。

「んもお、いけずなんだから」

つい口を尖《とが》らせてしまった。

バス停からナビを確認しながら歩いていくと、端正《たんせい》な造りの店舗に辿《たど》り着いた。そこだけ空気の濃度が違うような感じを覚える。

「やっぱりゆかりの地だからかなあ」

年月を重ねた木の看板に書かれた店名『賣茶翁《ばいさおう》』の文字を眺めながら石畳を進み、暖簾《のれん》をくぐる。木製のショーケースに和菓子が並び、奥の小上がりにはイートインもあるようだ。自分へのお土産用に焼き菓子をいくつか購入する。包んでもらっている間にちらりと奥を窺《うかが》う。床の間にはワレモコウの花と小菊が、たっぷりとした膨らみのある大振りの花器に生けられている。半端な時間帯のせいか、こちらに背を向けた女性客がひとりだけ。傍らに置かれた抹茶碗《まっちゃわん》も風情《ふぜい》がある。

ここならあるかもしれない。

「あの、つかぬことをお伺いしますが」

お会計を済ませ、お菓子を受け取ってからお店の人に声をかけてみた。事情を説明すると

「阡鐵《せんてつ》……。一時期は出回っていたこともあるみたいだけど、最近は聞かないわねえ。幻の器なんていわれちゃっていてね」

凜《りん》とした中にもたおやかな雰囲気のある女性が、丁寧に答えてくれる。

「そうですか」

肩を落とす。

「あちこち探し歩いているの？」

「出会えるといいなあ、とは思っているんですが、こうして旅をしているのは仕事なんです」

出張カフェの説明をする。

「ある人に『現代の売茶翁』なんていわれて、すっかりその気になっていたら、たまたまここのお店を見つけたんです」

「そうでしたか」

お店の人が柔らかな笑みを浮かべる。

「ところでこのあたりに焼きものを扱っているお店はありませんか？　地元のお湯のみでお茶を出したいと思って探しているんですが」

「宮城ではないですが、お隣の山形の平清水焼《ひらしみずやき》のお茶碗なんか味があっていいですよ。でもこのあたりで買えるところはあったかしら」

お店の人が考えていると
「あの……」

と奥の小上がりから声がかかった。お抹茶を飲んでいた女性客だ。

「あ、すみません。お客さんを先にどうぞ」

と店の人にいうと
「いえ、そうではなくて。ちょっとお話が聞こえちゃって」

華奢《きゃしゃ》でショートカットの女性が、立て膝《ひざ》のままこちらに顔を向けていう。鮮やかなナイロン製のスポーツウエア姿。日本家屋の店内に急に未来がやってきたような風情だ。

「これ、実はさっき山形で買ってきたものなんですが。よかったら使ってもらえませんか?」

包まれていた新聞紙を開くと、白に灰が混ざったような色の抹茶碗が顔を出した。

「ああ、平清水焼ですね。この斑点模様が特徴なんですよ」

お店の人が指さしてくれたところを見ると、雲のように霞《かす》んだ表面に、青みがかった小さな点が散らばっている。陶石に混ざった鉄分によるものだという。

「そんな貴重なもの……。畏《おそ》れ多いです」

と私が恐縮していると
「土産物屋で買ったものなので、価値のあるものではないと思いますよ」

スポーツウエア姿の女性から、少し日に焼けた健康そうな笑顔を向けられた。

そういえば落語で『井戸の茶碗』という噺《はなし》があったっけ。

正直者の屑屋《くずや》が歩いていると、裏長屋から声がかかる。

「屑屋さん、仏像を二百文で買い取ってくれないかい？」

と、裏長屋に住む浪人。

預かった仏像を籠《かご》に入れて歩いていると、たまたまそれを見かけたお屋敷の侍《さむらい》
「なかなかいい品と見受けられるぞ。その仏像を三百文で買おう」

となる。

さて侍が、買い取った仏像の汚れを落とそうと磨いていると、台座の中から五十両の小判が出てくるではないか。

「仏像は買ったが小判は買っていない。この小判は私が貰《もら》うわけにはいかない。もとの持ち主に渡してくれ」

そこで屑屋が裏長屋に小判を持っていくが
「小判が入っていたなどとは知らなかった。ゆえにその小判は仏像を買った侍のもの」

と裏長屋の浪人は受け取らない。すったもんだの挙げ句
「ならば代わりにこれと引き換えに」

と古びた茶碗と小判を交換することで手を打った。

ところがこの茶碗が今度は殿様の目に留まり、なんと三百両の値が付いた。裏長屋の浪人と侍で百五十両ずつ分け合おう、といっても浪人は受け取れぬの一点張り。すると浪人が名案を思いつく。

「お侍さんのところへうちの娘を嫁がせたい。その支度金《したくきん》として百五十両を貰うというのはどうか」

これには侍も喜び、屑屋へ尋ねる。

「それで娘の器量はどんなもんかい？」

「お侍さんが磨いてくだされば大そうな美人になりますよ」

という屑屋に
「いや、磨くのはよそう。また小判が出てきてしまう」

とサゲになる。

正直者たちばかりが登場するというので、父もお気に入りだっていっていたっけ。思い出しながら
「磨くと小判が出てきても困っちゃうし……」

呟《つぶや》くと
「小判？」

二人がぽかんとした表情をする。慌てて『井戸の茶碗』の内容をかいつまんで説

明する。

「その出張カフェ、どこでやるんですか？」

「仙台駅の近くの『ロッジ・ＳＡＺＡＮＫＡ』です。明日の十一時から十七時なんですが」

「でしたら私、明日そこに行きます。イベントが終わったらお茶碗を返していただく、ということならいかがでしょう」

ショートカットさんがにっこりする。

「これも何かのご縁ですから。もしかしたら売茶翁のお導きかもしれませんよ」

お店の人が背中を押してくれる。

「そこまでおっしゃっていただけるなら……」

願ってもないことだ。

「実は私、一目惚《ひとめぼ》れしてこのお茶碗を買ったはいいけど、茶道の心得もないし、使いこなせる自信がなくて困っていたんです。それでお抹茶を飲めるお店で使い方をみせていただきたくて、ここに来たんです。なので、イベントで使ってもらえたらこのお茶碗も持ち腐れにならないし、私も参考にさせてもらえるので嬉しいんです」

出すのは抹茶ではないけれど、明日使う予定の茶葉の雰囲気に合いそうだ。今回はお茶を飲みながら占いをするマンツーマンの接客スタイルになる。湯のみ茶碗はひとつあればいい。粗相《そそう》のないように心して取り扱おう。

念のため、ショートカットの彼女と連絡先を交換する。

「奈緒《なお》さん、ですね」

交換したLINEを見て確認する。

「たんぽぽさんっておっしゃるんですか？」

奈緒さんも、スマホの画面を操作しながら尋ねる。

「ええ。ひらがなで。『蒲公英《たんぽぽ》』って漢字表記も考えたらしいんですが、誰もが読めるほうがいい、って両親が思ったみたいです」

そう私がいうと
「だからたんぽぽの綿毛のように、軽やかにあちこち行脚していらっしゃるんですね」

と奈緒さんが微笑《ほほえ》んだ。

「ここに来て大正解だったね。いい器に出会えたよ」

店をあとにし、大通りに出てからつづみに話しかけるが、返事はない。旅の相棒は早くも夢の国の手前にいるらしい。

＊

今回の出張先『ロッジ・SAZANKA』はシェアホテルだ。一階はフロントとラウンジ。白を基調としたソファが並び、フリースペースとしても使われているラウンジでは、大型のスクリーンで五十年代のアメリカのモノクロ映画が上映されている最中だった。壁に配された本棚には、写真集やライフスタイルの洋書や雑貨が空間を贅沢に使いながら陳列されている。明るさを落とした照明が落ち着いた空間を演出し、上質な書斎にいるようだ。宿泊客だろう、四、五名が、それぞれ思いおもいの時を過ごしている。

このフリースペースが、明日のイベント会場になる。かつ、この『ロッジ・SAZANKA』が私とつづみの今夜の宿泊場所でもある。

「たんぽぽさん……と、つづみくんですね」

メールでやり取りしていた担当の小松原《こまつばら》さんだ。メールの文面の印象で、もう少し年上の女性を想像していたが、小走りにこちらに向かってくる姿は、私と同じくらいか、もしかしたらもう少し若いかもしれない。細身のパンツスーツを着こなし、ラメのアイシャドウが控えめながらもアクセントになったメイク。肩ほどの長さの髪を上品なポニーテールにまとめている。

「このたびはお世話になります。どうぞよろしくお願いします」

　両手の指先を揃え、腰から折ってお辞儀をする。

「挨拶《あいさつ》が大事」

　と子どもの頃、母から厳しく躾《しつ》けられた習慣だ。おへその少し下、丹田《たんでん》と呼ばれるところに力を入れること、と口癖《くちぐせ》のようにいわれていた。

「こちらこそです。この時期、オフシーズンでお客さんが少ないんです。何か目玉になるようなイベントができないかってスタッフで話し合っていて」

　それでSNSの口コミで見つけてくれたらしい。ちょうどホテルの三周年にも重なったそうだ。

「うちの客層って二十代から三十代の若い方がほとんどなので、占いは喜ぶだろうなと思うんです」

「ありがとうございます。きっと普段はお忙しく働いていらっしゃる方が多いと思いますので、たまにはゆっくりお茶を飲む時間も楽しんでもらえたら嬉しいです」

　私がいうと、小松原さんもにっこり頷《うなず》く。

「なかなか家でお茶をいれたりする余裕もないんですよね」

「コンビニに行けば、ペットボトルで選びたい放題ですし。面倒くさくってわざわざいれないですよね。わかります」

「急須がない、なんて家も多いんじゃないですかね。私も何年か前に実家から持ってきた急須を割っちゃって。それっきりなんです」

と小松原さんが苦笑する。

「そうですよね。なので今回は急須を使わずにお茶をいれようと思っているんです。もっとも……」

といいながら、オットマンに置いたトランクを開けて、中から竹製の茶こしをひとつ取り出す。

「こんなものを使うんですけどね」

竹籠に持ち手のついたもので、ちょうど蟬取《せみと》りや魚をすくうときの網、あれをそのまま小さくしたような形だ。

「わあ、素敵ですね。日本の手仕事の道具ですか？」

「はい。大分の民芸品なんですが、高齢化でいまは作り手も減っているんだそうです」

「おじいちゃん、おばあちゃんが丁寧に作ったものなんですね」

茶こしの籠は、編み目も大きさもひとつひとつ微妙に違う。それがなんともいえない味となっている。

「最初はもっと青々とした色だったんですが、使い込んでいくうちに、こんなふうに」

手にした茶こしは、かれこれ三、四年は使っているだろうか。飴《あめ》色に艶光《つやびか》りしている。

「年月を経てより美しくなるなんて、育てる楽しみがありますね」

と目を細めた小松原さんが、手にしていた紙袋を開く。

「カセットコンロ、これでいいですか？」

中からシルバーのコンロを取り出す。

「こんなシンプルなのがあるんですね」

冬の鍋料理に使う、昔ながらのごついカセットコンロではない。スタイリッシュなデザインは、このホテルのラウンジにあっても違和感がない。明日はこれを使わせてもらうことになる。お礼をいって受け取ると
「今夜はゆっくりお過ごしください」

と、続いて部屋のキーを手渡された。

客室は共有型のドミトリーや家族が宿泊できるファミリータイプなどの他、さまざまな目的に合った個室も用意されている。今回はつづみも泊まれるコンパクトな部屋を用意してもらった。

室内には必要最小限ながら、こだわって選び抜かれた備品が並ぶ。ビジネスホテルなら、プラスチックや量産品でまかなってしまいそうなカップ類も、しっかりとした重さのある陶器やガラス製のものに統一されている。カップを裏返して見ると、北欧の老舗食器メーカーの名前が底に印《しる》されていた。オレンジ色の灯《あか》りに照らされ、低く音楽が流れる部屋にいると、自分の家にいるかのような落ち着きを覚えた。

シャワーを浴び、糊《のり》の利いたリネンのパジャマに袖を通すと、途端に眠りに誘われた。ベッドにごろりと仰向《あおむ》けになると、いつもは床やソファに自分の居場所を見つけるつづみが、今日は珍しく私の首元に寄ってきて、それからもごもごと頭を使って、シーツの中に潜《もぐ》り込んできた。

「夜は冷えるからね」

中ほどでくるりと回れ右したかと思うと、私の脇腹あたりで丸くなった。あたたかな体温を感じながら、目を閉じた。

＊

出張先での朝食はプレーンヨーグルトとカットフルーツ、それにブラックコーヒーと決めている。朝ごはんをしっかり食べると頭が冴《さ》えるといわれているが、私の場合は逆だ。食べた日のほうが日中ぼんやりしてしまう。多少、空腹のほうが頭が研《と》ぎ澄《す》まされるのか、ほどよい緊張感が保てる気がする。それで一時期は、出張カフェ当日の朝は全くとらずに過ごしたこともあるが、客の入りによっては昼食が夕方になったり、食べられないこともある。さすがにそれだと一日もたない。

ルーティンのようなこのメニューを体に入れておくと安心するのは、どこかお守りのようなものなのかもしれない。それにこのメニューなら全国どこでも手に入る。だいたいは前の日にコンビニや駅の売店で買って、宿泊する部屋の冷蔵庫に入れておく。もちろん朝食付きのホテルに泊まることもある。事前に聞いてブッフェスタイルなら選べるし、そうでない場合は朝食なしのプランにしてもらう。

ここ、『ロッジ・SAZANKA』はブッフェスタイルのモーニングが宿泊とセットになっている。一階のラウンジの一角にカウンターが置かれ、料理が並んでいた。

地元特産のえごまを食べて育った鶏の卵を使ったスクランブルエッグ、仙台名産の牛たんが入ったソーセージ、野菜ソムリエが選んだ契約農家のグリーンサラダ。品数は多くないが、どれも地元の食材を使ったものが提供されている。

惹かれながらも先に進む。蔵王《ざおう》のヨーグルト工房の生乳ヨーグルトに宮城県で栽培されたアセロラや旬の梨《なし》。こちらもフレッシュな地元産で嬉しくなる。ゆっくり味わい、食後にドリンクコーナーのマシンで、コーヒーを注いだ。仙台市内の焙煎《ばいせん》屋さんで、ホテルオリジナルのブレンドを作ってもらっているようだ。酸味が少なくほどよい苦みの効《き》いた深い味わいが、朝の体に沁《し》み渡る。

「ごちそうさまでした」

手のひらを合わせる。

いったん部屋に戻り、時間まで少しのんびり。つづみが、出したばかりのドライフードをカリッカリッと食べる小気味よい音をBGMに、厚みのある本をベッドの上に持ち込んだ。そして売茶翁が茶売りをする様子を想像してみる。

――擔子《たんし》と呼ばれる担《にな》い棒《ぼう》の両側に茶道具をぶら下げる。こうして売茶翁の移動茶店は持ち運ばれるのだ。肩にぐっと力を入れ、バランスを取って歩くと、あちこちから風の音に混ざって鳥のさえずりが聞こえてくる。――

魚や野菜などを天秤棒《てんびんぼう》に担いで売り歩く「振り売り」という商売は、江戸時代に多く見られたそうだ。茶を売り歩く「茶売り」も珍しいものではなかったようだ。調べていくと、室町時代に作られた『職人歌合《しょくにんうたあわせ》』にも登場する、とされていた。

「職人歌合？　当時の職人の絵が並んでいるなんて面白そう」

と、図書館のホームページから検索システムのOPACに入力してみると、いくつかの本がヒットした。その中から『七十一番職人歌合』の入っている本を借りてみた。新日本古典文学大系という全集の中の一冊で、深緑のクロス張りのハードカバーは、旅に持っていくには大きく、重量感もある。けれど、今回の出張では急須がいらない。いつもよりも荷物が軽くなった。新幹線の中やホテルの部屋で時間があるかも、と思い切って入れてきた。

『職人歌合』とは、鎌倉時代や室町時代の職人を題材にした和歌と、判詞《はんし》が収められているもののことだ。判詞というのは歌に対する講評のようなものだろうか。和歌だけでなく、職人の姿も挿絵のように描かれていて、今回借りた七十一番の他にも、『三十二番職人歌合』や『東北院職人歌合』などがある。

などといったことはもちろん知識としてあった……はずはなく、あれこれ検索しているうちに知ったことだ。スマホさまさま、なのである。

さて借りてきたその『七十一番職人歌合』を開く。この本の第二十四番に茶売りをする「一服一銭」と「煎じ物売」が登場していた。添えられている絵を見ると、「一服一銭」は法師の姿、「煎じ物売」は笠をかぶった姿。ページ下の注釈によると、どちらも位を持たない人を表現する手法だという。

こうした職業をあえて選んだ売茶翁の心持ちを思う。

——穏やかに流れゆく風景を見ながら、売茶翁は呟く。

貧不苦人人苦貧《ひんひとをくるしめずひとひんにくるしむ》

貧しさによって人が苦しむのではなく、貧しいと思い込んで人は苦しむのだ。

——

それは当時の寺社界に対する反感のあらわれだったようだ。布施《ふせ》という名の利権や大きな力に執着するばかりで、本来の寺社の使命を見失った姿を憂慮していたという。

「ただのみも勝手。ただよりはまけもうさず」と金銭を入れる竹筒に書いて、客に代金をゆだねて茶を提供していたという。名誉や損得といった余計なものを捨て去り、茶売りで得たわずかな金で一日を暮らす。それこそが商売という形をとった売茶翁なりの悟りであり、自由への追求だった。

自分はいまやつまらないただの茶売りだが、心は豊かだ。本当に伝えたいことを身を以《もっ》て実践していたのだ。

そこでふと思う。

「伝えたいもの……。私がこうして旅をしながら探していることに、何かの意味があるのだろうか」

呟いたら、視線を感じた。つづみがじっとこちらを見ている。

「ちゃんと見つけなきゃね」

エメラルドグリーンの瞳に答えた。

*

一階のラウンジは、いつの間にか、広々としたフリースペースに戻っていた。まるでどこかに場面転換用の仕掛けがあったかのような早業《はやわざ》だ。さっきまで朝食会場になっていたとはとても思えない。その一角に今度はイベント用のブースが設けられていた。昔の書生さんが使うような文机《ふづくえ》をモダンにアレンジしたデスクは、脚だけがぴよーんと細長く成長したようなデザインだ。それにひとり掛けのソファが向かい合わせになって置かれている。

「たんぽぽさんのスペース、そちらになります」

きびきびとした身のこなしで、小松原さんが電気ケトルを手にやって来た。

「おはようございます。かわいいですねー。女子、喜びそう」

デスクに手をかけながら私がいうと
「男子も来ますよ。いまどき男子が」

小松原さんが笑う。確かに、朝食会場にはひとり旅らしくこざっぱりとした、いわゆる「シュッとした」男性客もいたっけ。電子ケトルを受け取り、昨日買った『ごくり　きらり　せんだい』の水をペットボトルから移す。

「お湯は熱いほうがいいから、その都度沸かせばいいな」

デスクの上には竹の茶こし、あらかじめネットで注文しておいて、フロントに届いていた茶葉を入れた茶缶、木の茶さじを置く。

それから新聞紙に包まれた平清水焼の抹茶碗を取り出す。ラウンジの本棚を整頓している小松原さんに
「洗い場をお借りできますか？」

と声をかけ、バックヤードに連れていってもらう。レセプションの奥が事務所になっていて、片隅にミニキッチンが設置されていた。

「冷蔵庫や電子レンジも自由に使ってくださいね。調理器具も少しならこちらにありますし……」

とシンクと並んだ一口ＩＨコンロの下の収納棚を開いて見せてくれる。

「ありがとうございます」

早速シンクで茶碗を洗おうとして、ふと手を止めた。

「そっか。おろしたてか」

陶器は使いはじめに米のとぎ汁や米ぬかとともに煮沸《しゃふつ》すると割れや汚れを防げる。石で作られた磁器と違い、土で作られた陶器は空気を通すため、そのままお茶を注いだり油ものの料理を盛ったりすると、染みになってしまうこともある。ぬかなどを入れずに器がかぶるくらいの水を入れて煮沸するだけでも、ある程度の効果がある、と出張先に出展していた陶芸家から教えてもらったことがある。

シンク下から片手鍋を取り出し、水を張った。そっと茶碗を沈める。火にかけ、やがてぐらぐらと泡が立ってきたので、弱火にし、しばらくしてから火を止めた。このまま冷ましておけば、ほどよく水分を吸収してくれるだろう。

その間にブースの準備をする。お道具箱の脇に畳《たた》んだ赤とオレンジの花柄の布、その上にタロットカードの入った白にブルーの水玉のポーチ。正面に『お茶と占い迷い猫』と書いた黒板を置いた。

バックヤードに戻ると、鍋の水は指を入れても熱くない程度にまで冷めていた。茶碗を指でゆっくりとつまみ上げる。引き上げてすぐに、手ぬぐいで拭《ふ》く。産湯《うぶゆ》から上がった赤ちゃんを包むように、やさしく丁寧に。

「お土産屋さんで買ったっていってたっけ」

店先に長く置かれていたのかもしれない。かぶっていた土埃《つちぼこり》が洗い流されたせいか、茶碗が生き生きと輝いて見えた。

「ホントに小判が出てきそう」

と茶碗を返して高台《こうだい》を覗いた。もちろん何も出てこないのだけど（出てきても困る）、きちっと切り整えられた高台の下の畳付きがこちらを向いた。丁寧に作られた証《あかし》だ。ものの価値は値段では決められない。こうしたものを手にすると、そんなことに気付かされる。

洗った片手鍋をシンクの洗いカゴに伏せてからブースに戻ると、ソファに若い男性が座っていた。

「たんぽぽさん、お待ちかねですよ」

小松原さんが先に対応してくれている。

「すみませんお待たせしちゃって」

慌てて駆け寄る。

「いえ、こちらこそ、まだ開始時間になってないのに前のめりになっちゃって」

そういって笑顔を見せるのは、今朝《けさ》がた朝食会場で見かけた「シュッとした君」だ。

フロントの時計を見ると、イベントスタートの十一時に間もなくなろうとしていた。

「はじめますね」

小松原さんにも声をかけ
「ええと、まずはお茶の準備からさせていただきますね」

とカセットコンロの前に立つ。

「すっごく楽しみにしていたんです。『迷い猫』さんのお茶、びっくりするような味がするし、占いも当たる、ってフォローしているインスタグラマーさんが書いていたんで」

仙台市内に住んでいるが、話題のシェアホテルにも興味があって、せっかくの機会なので、と宿泊がてら訪れたらしい。

「お茶、お好きなんですか？」

「いやあ、自分じゃあほとんど飲む機会ないですね。ばあちゃん家《ち》に行くと出してくれた思い出くらいしかないなあ」

コンロに気をつけるように声をかけてから、着火する。中火に調整して、五徳に焙烙《ほうろく》をのせると
「それ何ですか？」

すかさず声がかかる。

「焙烙っていう、お茶を煎《い》る道具なんです」

「プールだ！」

シュッと君が目を輝かせる。

「プール？」

「子どもの頃、夏休みになるとベランダや庭に出して遊んだビニールのプール」

まるで小学生に戻ったかのような満面の笑みを見せる。

「空気を入れて膨らませる？」

「そう。あのミニ陶器バージョン」

なるほど。いわれてみると、ドーナッツ型にふちが立ち上がった形状は似ていなくもない。

「で、ここがすべり台」

持ち手の部分を嬉しそうに指さす。おばあちゃんの家の記憶から、子ども時代の夏休みの風景を思い出したのかもしれない。こちらまで楽しい気分になる。

焙烙の上に手をかざすと、あたたかい熱が伝わってきた。

「では茶葉をプールで泳がせますね」

といって、茶缶のフタを開け、茶さじ二杯の茶葉を焙烙に投入した。一瞬の間を置いてから焙烙を持ち上げ、火の上でぐるぐると円を描くように回した。

「おお、泳いでる泳いでる」

シュッと君が声を弾ませる。一方向に茶葉が動く様は、流れるプールで戯《たわむ》れているようだ。その水しぶきならぬすーっと立ちのぼる煙の量が増えてきたかと思った途端、香ばしい匂いが漂ってきた。

「そろそろですよ」

浅い緑色だった茶葉が、外周から茶色く色付きはじめている。私は焙烙を回すテンポを速め、均一に火が通るようにする。

「いい香りですね」

フロントで接客をしていた小松原さんが、鰻屋《うなぎや》の煙よろしく匂いに誘われたのかブースを覗きに来た。

「なんか癒《いや》されますねえ」

シュッと君が息を吸う。

「天然のアロマですよ。お茶の香りは気になる臭いを吸ってくれるし、抗菌作用やリラックス効果もありますから」

「じゃあ、魚料理のあとなんかにもいいですね。台所仕事の最後にお茶を煎る、なんて素敵かも！」

小松原さんがうきうきと話す。

「そして煎った茶葉はもちろんお茶として飲めますから」

私がいうと

「エコですねー。この道具、欲しくなっちゃうなあ。『迷い猫』さんのオリジナルですか？」

シュッと君はプール、いや焙烙に興味津々《しんしん》だ。

「これはお茶屋さんと陶芸家がコラボして作ったものを仕入れたんですが、焙烙という道具自体は、銀杏《ぎんなん》やゴマを炒るためのもので、昔からあるんです。いまでも普通にデパートの家庭用品売り場で売っていますよ」

「そうなんですね」

感心しているところに

「フライパンでも同じことはできちゃいますけどね」

と付け加える。

「でも専用の道具があるとテンション違いませんか？」

とシュッと君。

「もちろん！　それにお茶の味もこれで煎ったほうが断然美味《おい》しくなりますからね」

焙烙は基本的に水洗いはしない。使いはじめた当初は素焼《すや》きの乳白色だったが、使い込んでいくうちに、茶葉を煎るところが、艶光りしたような黒色に変化していく。そうなると老成の域。遠赤外線効果でより美味しくお茶を煎ることができる。これも育てる楽しみのある道具だ。

茶葉全体がうす茶色に色付いてきた。そろそろ頃合いだ。

「ほうじ茶って最初から茶色いんだと思っていました」

という彼に

「実は私も。こうやって緑のお茶を焙煎して作るんですね」

小松原さんも頷く。

「でもなんで『茶色』っていうんでしょうね。お茶の色は緑なのに……ってあれ？何か混乱してきた」

そういいながらシュッと君が爽《さわ》やかに笑う。

「色っていうのは染めたものの様子をさすみたいですよ。お茶で染めたものは緑ではなくこの色になるからでしょうね」

と煎りたての茶葉を焙烙から竹の茶こしに移しながらいう。

「そうか。茶染めの色ってことなんですね」

顔を上げると納得したように頷く小松原さんと目が合った。と同時に電気ケトルがポンッと鳴って沸騰を知らせてくれた。茶こしを湯のみに預け、その上からケトルの湯を注ぐ。ジュッという音とともに香りが立ちのぼった。

「わあ！」

クライマックスだ。茶こしをさっと上げると、やや浅煎りのほうじ茶の完成だ。

「この茶葉は野趣《やしゅ》があるので、ほうじ茶に合うかな、と思って煎ってみました。でもせっかくの鮮度も活かしたくて、少しだけ青さを残した浅煎りに仕上げました」

湯気をふうふうとかきわけ、シュッと君がゆっくりと口に運ぶ。

「全然違う！」

知っているお茶と……ということだろう。

「煎り立ては美味しいですよね」

もちろんそれだけではない。茶葉と水の相性、焙煎の火加減にタイミング……。でも一番は場がもたらす空気だと思う。お茶はテクニックじゃない。人と人、気持ちや心で美味しくなる。こだわり抜かれた調度品に隅々まで掃除の行き届いた空間。構いすぎず、でもちゃんと客に寄り添った心配り。穏やかに時の流れるこのラウンジが、お茶を美味しくしてくれている。そう思いながら、接客に戻った小松原さんの後ろ姿を眺めた。

「お茶はゆっくり楽しんでいただきながら、さて、何を占いましょうか」

カセットコンロをいったん脇に寄せ、デスクに花柄の布を広げて占いの準備をはじめる。

「実は仕事がうまくいってなくて会社を辞めようかと悩んでいたんで。それで占ってもらうつもりだったんですが」

そういって、しばらく間を置いてから、顔を上げる。

「お茶ができるのを見ているうちに、なんだかどうでもいいようになっちゃって」

照れ臭そうに話す。

「そうですか。お茶の香りで気持ちの整理がついたのかもしれませんね。でしたらよかったです」

緑の茶葉を煎ると茶色になってほうじ茶ができる。見逃している当たり前のことが多いのではないか、ということに気付いたそうだ。

「もう一度、身近なところから見直してみようと思います」

仕切り直しです、といってすくっと立ち上がった姿は気負いがなく、晴れ晴れとした表情だ。

「またどこかの旅先で、たんぽぽさんのお茶に会えるかもしれませんね」

「ええ。見つけたらぜひ、いらしてくださいね」

「そのときは、ちゃんと胸を張って仕事の話ができるように、がんばります」

ラウンジをあとにする姿に、小松原さんが柔らかなまなざしを送りながらいう。

「若いっていいですね。可能性が限りなくある」

「キラキラ輝いていますよね」

隣に並んで、私も頷いた。

*

ランチタイムが過ぎ、カフェタイムに入ると、ラウンジには宿泊客以外の人も出入りするようになってきた。そんなときだ。

「二人でもいいですか?」

白のタートルのニットワンピースに、サーモンピンクのジャケット、毛先をくるりとひと巻きしてサイドの髪はハーフアップに。ゴールドのヘアアクセサリーまでお揃いだ。

「双子コーデ、かわいいですねえ」

仲良しの友人同士がお揃いの服装をする「双子コーデ」は、テーマパークやイベント会場なんかでもたくさん見かける。

「これからライブに行くんです」

と男性アイドルグループの名を挙げる。

「チケットよく取れましたねー」

そのアイドルのライブのチケットは、入手困難なプラチナチケットだとよく聞く。

「家族の名前まで借りて、ファンクラブの会員に何口も入っているんです」

と一方（体型までそっくりなので、区別ができないほどだ）がいうと
「最近は本人名義じゃないと、とかあれこれ厳しくなってきたんですけど、今回はなんとか取れました」

と隣のもうひとりがいう。転売防止策なのだそうだ。人気者を好きになると大変だ。立ったまま話を続けていると、小松原さんがラウンジから椅子《いす》をひとつ持ってきてくれ、もともと置いてあったソファに並べて
「どうぞ」

と二人に声をかけてくれる。そして私には厚みのあるどっしりとした湯のみをひとつ。器をひとつしか用意していないのに気付いてくれていたのだ。

「よろしくお願いします」

元気な声とともに二人が腰掛けたところで、私も彼女たちの正面に立つ。まずはお茶の準備。所作《しょさ》のひとつひとつにキャッキャッと喜んでくれるので、こちらまでうきうきしてくる。そうなると不思議なもので、自分でも驚くくらい美味しくいれ

られたりする。茶葉が心の声に反応するのだ。

「幸せー」

「ほっこりする♡」

と茶碗を両手で抱える姿が微笑《ほほえ》ましい。

「何を占いましょうか」

ソファに腰かけながら、猫の絵柄のタロットカードを水玉のポーチから取り出す。

「かわいいー！」

二人の声が揃って、一段と高くなる。その声を合図にしたかのように、私の足元にいたつづみがデスクの上にぴょんと飛び乗った。

「えー!!」

感嘆符がいくつ付いても足りないような叫びにも似た声に、今度はつづみのほうが驚いて、私のソファの奥にまた潜り込んでしまった。

「ああ、行っちゃった。撫《な》でたかったなあ」

「すみません、愛想がなくって……」

とソファの下を覗くと、もう二度と出るまい、といったふうに顔を背《そむ》けた。

「あ、占いの内容ですよね。いつ結婚できるか、を教えてもらいたいんです。それぞれに」

と左側に座った彼女が、自分と友達とを交互に指さす。

相談のうちの過半数、いや七、八割はこれだ。ゆえにこちらも慣れたものだ。カードの枚数や定義はこちらで判断する。もちろん嘘はつけないけれど、できれば笑顔で帰ってもらいたい。

はじめに向かって左側のソファに座った彼女を占うことにして、私はシャッフルした山から六枚のカードを出して裏返したまま置いた。タロットカードは近未来、だいたい半年から一年以内のことを占うのに向いているといわれている。だが、占いの解釈に絶対、というものはない。それが星占いや姓名判断など宿命や不変的な情報を元に占うのではなく、偶然に出た要素で占う卜術《ぼくじゅつ》と呼ばれる占い方の自由なところだ。おみくじなんかもこの卜術に分類される。

「当たるも八卦《はっけ》当たらぬも八卦」

つまり、当たることもあるし、当たらないこともある、そのくらいの心持ちでいたほうがいい。所詮《しょせん》占いだ。

六枚のカードを順に今日、明日……と六日後までに見立ててもいいし、今月、来月……とすることもできる。今回は彼女たちの年齢、二十代半ばといったところだろうか、それに雰囲気から、今年から六年後、と設定した。

左から一枚ずつめくって全《すべ》てを表にする。〈太陽〉や〈力〉など明るいカードが並んだ。中でも一番それらしいカード、今回は〈運命の輪〉が四枚めにあった。

「四年後、ですね。運命の出会いがありそうですよ」

「やった！　ギリギリ三十歳前だ」

笑顔が広がる。こういうわかりやすいカードにヒットすると助かる。

続いて占った右側の椅子に座った彼女の前には、どれも恋愛的にはラッキーカード、とは呼べないものが並んだ。こうなるとカードの意味を読み解くことになる。

二枚めに〈月〉のカード、三枚めに〈星〉のカード。並んだ二枚が気になる。〈月〉はゆらぎや裏切りを表す。一方〈星〉は希望や幸福感だ。恋愛的に解釈すれば、来年、付き合っている人に裏切られるようなことがあるが、三年後には立ち直って幸せになれる、となる。

「そうですね。紆余《うよ》曲折《きよくせつ》はありつつも、三年後には落ち着きそうですよ」

「三年後に結婚できるってことですか？」

そうとも取れる。だが、並んだ他のカードを見ると、もう少し違う意味を持っているように感じる。

「恋愛関係も、ですが、もしかしたら三年後に天職のようなものを見つけるかもしれませんよ」

「仕事ですか？」

彼女が驚いたように顔を上げた。

「はい。やりがいを感じるような」

「会社なんてお給料だけ貰って、いずれは夫の稼ぎで専業主婦に……って思っていたのでちょっと意外でした」

そういわれてしまうと自信がない。でも出ているのは何といっても希望の〈星〉だ。

「例えば責任のある役割をまかされたり、評価をされたりするとか……」

私がいうと
「格好いい！」

と左のソファの彼女。

「私にできるかなあ」

と見上げた右の椅子の彼女の顔には、さっきまでとは違う、大人の表情が浮かんでいた。

手元の湯のみには、先ほどいれた二煎めのお茶がまだ少し残っている。ほうじ茶は煎りたての一煎めのあとは、少しずつ味や香りが少なくなっていく。

ほうじ茶は煎を重ねない、つまり一杯しか飲むべきではない、という人もいるが、それも各々の好みの問題だ。

「お菓子も一緒にどうですか？」

お道具箱から懐紙《かいし》を取り出し、二人の前に置く。ブルーの丸缶のフタを開け、真っ白い粉の中に埋まっている長方形のお菓子を用心深く、そっとつまみ上げた。

「なんですか、これ？」

「仙台の冬のお菓子です。繊細な飴菓子《あめがし》なので、そのまま嚙《か》まずに放り込んで、口の中で溶かしてください」

半透明のお菓子を口の中に入れた彼女たちが、顔を見合わせて目を丸くした。


幸せは何も恋愛や結婚だけではない。一生自《みずか》らを支えていけるようになるためには、自分自身に力をつけること。果たして私はちゃんとお茶に向き合えているだろうか。そう思って、ふと福岡のギャラリーでのことが頭に浮かんだ。ひとり暮らしの寂しさを紛《まぎ》らわすために買い物に依存し、険《けわ》しい表情だったお客さんが、ひとすすりのお茶を飲んで笑顔になった。無闇な買い物をする手が止まった。お茶の力ってなんだろうか。

いまは双子コーデのそっくりの二人も、やがてそれぞれの道を見つけていくのだろう。悩んだり落ち込んだり、喜んだり。そのたびにお互いを頼ったり励まし合ったりするのだろう。

たとえ距離が離れても、心は繋がっている。そう確信できたのは、六年後から先の未来のこと、と設定した六枚めのカードが、二人とも永遠を意味する〈世界〉のカードだったからだ。

「ライブ、楽しんできてくださいね」

立ち去る二人に声をかけると

「ありがとうございます」

二人の声がカチッと揃った。

＊

イベントの終了時間が近づいてきた。すると足元ですっかり寝入っていたつづみがすくっと立ち上がってラウンジ内をテテテ……と歩いていくではないか。

「どこ行くの？」

慌てて私が追いかけると

「さすがつづみくん。あったかい場所をわかっていますね」

と小松原さんが後ろから歩いてきた。

「あ、暖炉《だんろ》」

「そうなんです。日が落ちると肌寒くなるので」
ラウンジの真ん中にはアウトドア用の暖炉が置かれ、いつの間にか火が灯《とも》ってい
る。パチパチと薪《まき》の燃える音とじんわりとあたたかな空気がラウンジに広がる。そ
の前でつづみがくるりと丸くなった。
「あらら。まだ仕事中なのに……」
すっかりおくつろぎモードのつづみに呆《あき》れていると
「居心地がいいなら、こちらも嬉しいです」
なんてありがたいことを小松原さんはいってくれた。
「いらっしゃいませ」
小松原さんの声にエントランスを見ると、ウインドブレーカーにニット帽と登山
靴、背中には縦長のリュック。昨日、お茶碗を貸してくれた彼女だ。
「奈緒さん！」
駆け寄るとにっこり手を振ってくれる。
「お知り合いですか？」
と聞く小松原さんに
「はい、昨日から」
と奈緒さん。別れ際《ぎわ》、連絡先を交換するときに自己紹介し合ったのが昨日だなん

て思えないくらい打ち解けた気分になる。小松原さんに事情を話す。

「そうだったんですか。お茶碗、山形の平清水焼ですよね。イベント中ずっと気になっていたんです」

　さすがお目が高い。

「たんぽぽさんが大事に扱われていたので、思い入れのあるお茶碗かしら、って思っていたんですけれど、そういうことでしたか」

　よく見てくださっていたのだ。

「そんな……。かえって気を使わせちゃってすみません。安物だから別によかったのに」

　と奈緒さん。

「とんでもない。おかげさまで美味しいお茶がいれられました」

　と頭を下げる。

「小判は出なかったですか?」

「はい。それもおかげさまで」

　あはは、と笑う。

「お時間大丈夫でしたら、お茶、飲んでいってください」

　とブースのほうに手を向けると

「ええ、もちろんです。占いもお願いしたいと思って来たんです」

そして暖炉に近づき
「お、君もすっかりくつろいでいるねえ」

と奈緒さんがいう。耳の裏を撫でられたつづみが、小さく喉《のど》を鳴らした。

ブースに案内してソファに座ってもらい、準備をする。

「ではまずお茶から。今日は宮城県の桃生茶《ものうちゃ》という茶葉を用意しました」

「東北でもお茶がとれるんですね」

「そうなんです。最北のお茶なんていわれたりしているんですよ」

本来の最北の茶は、経済的に成り立つ、という意味で茨城県の奥久慈茶《おくくじちゃ》や新潟県の村上茶《むらかみちゃ》があげられる。ただし製茶の最北は、手摘《てづ》みでは秋田県の檜山茶《ひやまちゃ》、機械製茶では岩手県の気仙茶《けせんちゃ》、茶樹の栽培では青森県、植樹まで含めれば北海道にまで及ぶ。「最北の茶」を名乗る産地はいくつかある。

「ちなみに水は仙台の水道水をボトリングしたものを使っています」

「地元の茶葉に水。だからお茶碗も地元のがよかったんですね」

「はい。なるべくそうしたいと思っているんです。そうするとはじめて訪れた場所でも、不思議と美味しいお茶がいれられる気がして」

「きっとたんぽぽさんにお茶が寄り添ってくれるからじゃないですか？」

奈緒さんの少し低めの声が心地いい。

焙烙を火にかけ、あたたまった頃に茶葉を投入。細く煙が出てきたら手早く円を描くように回す。外周が色付いてきたら火から下ろし、あとは余熱で仕上げる。

奈緒さんの前に茶碗を置き、竹の茶こしでさっとお湯を通す。

「どうぞ。桃生茶の手煎りほうじ茶です」

「いただきます」

両手で茶碗を包む込む。

「外は冷えていて、手が冷たくなっていたんですが、あったまります」

一口飲んで、ホッと一息つく。

「旅先って緊張しますもんね。お疲れを取っていってください」

出張カフェは、見知らぬ土地へ行ってはじめての人の前でお茶をいれるプレッシャーや慣れない場所で働く疲れもある。でもそれを上回る嬉しい出会いがある。

「よかったらお菓子も一緒に」

懐紙の上の菓子に
「美しい……」

と奈緒さんが呟く。

「もう『霜ばしら』の季節なんですね」

いつの間にか私の足元に戻ってきていたつづみに、小松原さんが水の入った小さなボウルを置きながらいう。

「霜ばしら？」

と首を傾《かし》げる奈緒さんに

「はい。このお菓子の名前です」

と答えながら、ブルーの缶のフタを開けて見せる。繊細な飴菓子がきっちりと端《たん》正《せい》に並び、緩衝材《かんしょうざい》代わりの真っ白な落雁粉《らくがんこ》に覆《おお》われている。

「まるで雪の中の霜ばしら、そのものですね」

奈緒さんがうっとりしたようにいう。

「これが店頭に並ぶと、いよいよ本格的な冬が近づいてきたって思うんですよ」

と小松原さん。地元の方ならではの感想だ。

「職人さんが晩秋から冬の間だけ作るそうで、春になると販売が終わるんです」

一度、他の季節にも使ってみたくて、冬に買って未開封のまま置いておいたことがある。いざ使おうと缶を開けたら、霜ばしら状の飴菓子はあとかたもなく消え、落雁粉だけになっていて驚いた。それを話すと

「雪解け、ですね」

そういって笑いながら口に入れた奈緒さんが

「わっ。すっと溶けて本物の霜ばしらみたい。子どもの頃、登校するときに公園で見つけて踏んだことを思い出します」

そういえば最近はとんと目にしなくなった。自分が気付いていないだけなのか、あるいは温暖化や土のある場所が少なくなったせいなのかはわからない。

小松原さんが暖炉に薪をくべている。パチパチという音が少し大きくなった。

「ではお茶を飲みながら、占いに移りますね。何を占いましょうか？」

広げた花柄の布の上でカードをシャッフルする。

「どこに行けば会えるでしょうか」

運命の相手に、かと思った。しかし続く言葉を聞いて、なるほど、と思った。

「飼っていた文鳥なんです。ずっと会いたいと思っているのに会えないんです」

「逃げちゃったんですか？」

ペットは家族も同然だ。かわいがっていたペットと離れてしまう寂しさはよくわかる。私は、ピチャピチャとご機嫌な音を立てながら水を飲むつづみをちらりと見る。

「いえ、見送ったばかりなんです。でも可哀想《かわいそう》なことをしたって、謝りたいのに、会えないんです。だからどこでどうすれば会えるのか、教えてもらえますか？」

うつむく奈緒さんに

「わかりました」

と答えた。占いに感情移入は厳禁だ。相手の「気」を貰ってはいけない、ともいわれている。私はひとつ大きく深呼吸をして、カードを何度もシャッフルした。ようやく心が鎮《しず》まってきたところで、ひとつにまとめる。そこから七枚のカードを星形に並べていった。ヘキサグラムという並べ方だ。

過去、現在、未来を表す三枚のカードの両脇に願望とまわりの環境を示すカードが並ぶ。思慮深く悩んでいるいまの状態を表している〈隠者〉のカードが願望の位置に置かれている。

今回はどこで会えるか、という質問だ。環境を示すカードは〈太陽〉。求めているものはすぐ近くにある、ということのようだ。

そして最終的な予想を示す星形の中央に置かれた一枚を開くと、白と黒のネコが向かい合っていて、背後には太陽が光り輝いている〈恋人〉のカードがあらわれた。お互いを尊重し合う関係、相思相愛。私はふうと息を吐く。

「よかった」

タロットカードを知らない人が見ても、いいカードであることは明らかだ。奈緒さんの顔に笑みが広がった。説明は不要だろう。

「奈緒さんと暮らせて幸せだったと思いますよ。いまもきっと一緒にいる。もう会えているんじゃないんですか？」

「ほんとですね。あの子、かげんっていうんですけど」

野放図《のほうず》な性格だったので「いい加減」から名付けたそうだ。奈緒さんが出掛けようと玄関のドアを閉めたときに、誤ってその子の足を挟んでしまい、それがきっかけで病気になってしまったそうだ。でももし奈緒さんがそのまま飛び出していたら、玄関の前の道を猛スピードで走り抜けていったトラックにはねられていたかもしれなかったそうだ。

「かげんは私の身代わりになったんじゃないか、って思っていて。だから身代り守がいただける山形の山寺《やまでら》にお参りにいってきたんです」

そういって、リュックに付けている小さな金色のお守りを見せてくれた。山形の立石寺《りっしゃくじ》、通称山寺は松尾芭蕉《まつおばしょう》が「閑《しずか》さや岩にしみ入る蟬の声」を詠《よ》んだところだそうだ。仙台からだと電車で一時間くらいかかるという。

「山奥で、階段を何段も何段も登って、そうすればかげんに会えるんじゃないかって。謝れるんじゃないかって。ちょうど昨日がかげんの四十九日なので、供養《くよう》にもなるといいと……」

「そこまで思ってもらえてかげんちゃん、喜んでいると思いますよ。これ、アドバイスカードなんですが」

星形の一番下に置かれたカードを示す。公正さやモラルを表す〈正義〉のカードだ。やってきたことが正しかった、これでよかったんだ、という意味に取れる。

「ちゃんと奈緒さんの想い、届いていますよ」

「ありがとう」

それは多分、私にではなくかげんちゃんにかけられた言葉だろう。ごめんね、じゃなくて、ありがとう。奈緒さんの目からほろりと涙がこぼれた。それを恥ずかしそうに拭《ぬぐ》いながら、お茶をすする。

「そういえば、そのお茶、百八茶とも呼ばれているんですよ。お茶は、五月上旬の八十八夜が摘み頃なんですが、桃生茶は気温の低い土地で育つので、五月下旬の百八夜頃に摘むそうなんです」

立春から数えた日数のことだ。

「百八。煩悩《ぼんのう》の数、ですね」

奈緒さんが静かに呟く。

「人の苦しみや欲望……。それが百八つもあるなんて、人間は困った生き物ですね」

私がため息を漏らすと

「煩悩具足《ぼんのうぐそく》って言葉、ご存知ですか？」

と奈緒さんに聞かれた。

人間には百八つもの煩悩があるけれど、それが人間の全て。つまり煩悩をなくしたら人間ではなくなってしまう、という意味だと奈緒さんが解説してくれた。かげんちゃんを失った寂しさをどうにもできず、気持ちを落ち着かせるために禅の本を読んで知った言葉だそうだ。

「じゃあ、煩悩をなくす必要はないんですね？」

「自分の中で共存することが大切みたいなんです。だからかげんのことも、悲しみを忘れたりなんてしなくていいんですよね。百八日めのこのお茶が、それを教えてくれました」

そういって、奈緒さんがもう一口、お茶を飲んだ。

「では最後に『迷い猫カード』をお渡しします」

「迷い猫カード？」

「ええ。私からのお手紙のようなものです。ひとつの会場でおひとりにだけ差し上げるようにしているんです。ダイアリーにでも挟んでおいてください」

ま　まあるい目
よ　よちよちあるき

い　いつまでも
ね　ね、大好きだよ
こ　これから先も

カードから顔を上げる。

「そういえば、かげんってば、私の手のひらの上でよく遊んでいたっけ。よちよち歩いて」

そういって左手を開く。その上にピンクのくちばしをした白い文鳥がぴょんと飛び乗ったのが見えたような気がした。奈緒さんは包み込むように指を丸く立ち上げて、そっと右手を添えた。

「おかえり、かげん」

第3話

瑞々《みずみず》しい新茶は
お祝いの席にぴったりです

【茶】煎茶（新茶）　各産地　／　黒茶　富山県朝日町産　バタバタ茶

【水】井戸水　桑原邸宅　庭園内

【菓】桜茶

【器】名入り各色湯のみ　新郎新婦提供

「夏も近づく八十八夜」というのは茶摘《ちゃつ》みの風景を歌った「茶摘み歌」だ。

八十八夜は立春から数えて八十八日め、お茶の収穫によい時期とされている。暦によって多少前後はするけれど、だいたい五月の上旬、ちょうどゴールデンウィークの頃だ。気候が安定していることはもちろんだが、末広がりの「八」が重なることで縁起がいいとされたり、漢数字の八十八の「八」のひとつをひっくり返して組み合わせると「米」という文字になるのにあやかり、豊作を願ったり、はたまた私の育った静岡県では、裾野《すその》の長い富士山の形になぞらえ、富士＝不死で長寿を願ったりする茶園もあったりと、何かしらとおめでたい日なのだ。

この日に摘まれたお茶が味わいだけでなく、縁起物としても重宝されるのには、そんなわけがある。

この時期に摘まれた茶葉は年間を通して販売される。お茶の収穫は、新茶と呼ばれる一番茶からはじまり、盛夏の頃の三番茶まで続く。二番茶、三番茶と進むにつれ、葉が硬くなる。味わいのまろやかさが減少し、自《おの》ずと流通価値も下がり、三番茶以降のものはペットボトルの茶に利用されたりすることも多い。急須《きゅうす》で楽しむ上質な煎茶《せんちゃ》として流通できるのは、一番茶のみといっていいだろう。

その一番茶、つまり新茶の季節を迎えている。幼い頃は祖母の茶園で茶摘みの手伝いに駆り出されたものだが、正直、畑の中でかくれんぼした記憶しかない。それでもこの季節になると、輝く日差しとまぶしいほどに艶光《つやびか》りした新芽の淡いグリーンの色や、茶園の真ん中に立ったときの清々《すがすが》しい香りや風にそよぐさわさわとした音を瞬時に思い出せる。「薫風《くんぷう》」という言葉を知ったとき、体感として「あれだ」と思った。一年で一番好きな季節だ。

さて、この美しい季節に『出張占い日本茶カフェ　迷い猫』にもおめでたい依頼が舞い込んできた。結婚式でのお茶会だ。最初のコンタクトはいつも通りＳＮＳのダイレクトメッセージで届いた。

「私たちの結婚披露パーティでお茶をいれてほしいのですが、お願いできますか？」

このたび新婦となる澪《みお》さんからだった。その後、メールで何度かやり取りをして詳細を詰めていく。このプロセスは毎度わくわくするものだ。どんな場所でどんなお茶をどんなふうに楽しんでもらうか。あれこれ想像しながら積み上げていく時間は、旅に出る前の高揚感と出張カフェというひとつの作品を作り上げていく充実感がミックスされて、喜びに近い感情が満ちる。と同時に、ちゃんと満足してもらえるだろうか、という不安や緊張感もある。特に今回は人生の大切な一日のお手伝いだ。念入りな準備で当日を迎える。

場所は都内の郊外にある古民家を改装したレストラン。親戚とごく親しい友人だけのこぢんまりしたお披露目の会だという。

「二人とも和の文化が好きなので」

とのことで、衣装や料理、会場だけでなく、パフォーマンス、つまり余興も全《すべ》て和風で統一するそうだ。

「ウエルカムドリンクやフリードリンクに、ビールやジュースじゃなく、お茶を、と考えています」


落語の噺《はなし》に『長屋の花見』というのがある。父の趣味の影響で、古典落語にはいつの間にやら詳しくなってしまった。

大家さんが長屋の連中を誘って花見に行く。お弁当にお酒、と大喜びの一行だが、よくよく見ると何か違う。お弁当は卵焼きかと思えばたくわんだし、一升瓶の中身は煮出した番茶。お茶で酔えるはずもないのに、大家さんはどんどん飲めと勧める。

「灘《なだ》の酒だぞ」

という大家に
「宇治《うじ》かと」

と長屋衆。

「酒柱が立っている」

とぼやいていた長屋衆がふと猪口《ちょこ》の中を覗く。

「大家さん、近々長屋でいいことがありそうですよ。酒柱が立っている」

とサゲになる。

酒の産地の灘に対して、茶の産地の宇治、酒の味を表現する辛口や甘口に対し、茶の渋さを渋口といったり、茶柱にかけて酒柱と表現するなど粋《いき》なやり取りが繰り広げられる。賑《にぎ》やかな光景が目に浮かぶような噺だ。

今回は年配のおじさまたちもいるだろう。長屋衆よろしく
「お茶で酔えるか」

といわれないよう、楽しんでもらえる趣向に頭を巡らせた。

自宅から会場まで電車で一時間弱。十一時から十五時までが拘束《こうそく》時間なので、夕方には戻ってこられる。大切な会で失礼があってもいけないので、つづみは置いていくつもりだったのだが
「控え室をご用意できるので、つづみくんもぜひご一緒に。日本家屋に猫、ぴったりですから」

とのメッセージに、じゃあ、と連れていくことにした。今やすっかり人気の相棒だ。私に依頼する段階で、つづみもセットにされているらしい。こちらとしても、作業を手伝ってくれるわけではないけれど（もっとも「猫の手も借りたい」と思うこともあるのだけど……）、いてくれるだけで心強いのも事実だ。

数種類の茶葉をそれぞれ茶缶に入れ、急須、それから細長い筆のような特殊な二本の茶筅《ちゃせん》。茶碗は先方支給、水は現地調達。あとは手ぬぐい十枚に砂時計。

「あ、忘れちゃいけない」

金色のフタのついた小さな瓶詰めをプチプチでくるむ。急須はひとつずつ紙箱に梱包《こんぽう》し、それ以外は杉の木でできたお道具箱に。

「縁起でもないカードが出ても困るし、今回は占いは封印だな」

そう思いながら、手に取ったタロットカードから何気なく一枚を引き抜くと〈吊《つ》るし人〉のカードが出た。足を縛《しば》られ木から吊るされている絵柄のこのカード、忍耐や試練といった意味に取られることが多い。でも私が愛用している猫がデザインされたタロットカードでは、吊るされている白猫は、口を半開きにして笑っているように見える。尻尾《しっぽ》もくるりと上を向いている。だからここは勝手に私なりに「なんでも楽しめる」と解釈している。

「そうだよね、楽しまなきゃ」

お守り代わりにタロットカードの束を水玉のポーチに入れた。

荷物が揃《そろ》ったところでクローゼットから赤いトランクを取り出して、ふと手を止める。

「そっか。今日はこれじゃなくていいのか」

トランクはゴロゴロと引っぱっていけるので、持ち運びがしやすい。長旅には欠かせない。飛行機や新幹線での移動ならなおさらだ。でも出張先で作業しながら使うには少し不便だ。

いったん取り出したトランクをしまい、代わりに市場カゴを棚から下ろした。しなやかな竹で編み込まれ、短い持ち手のついたカゴだ。業務用の道具が揃う下町のかっぱ橋道具街で見つけたものだが、道具店のおじさんに
「ラーメン屋がどんぶり入れて運んだりするから、重いものも大丈夫」

とお墨付《すみつ》きを貰《もら》った。市場カゴ、というだけあって、仲買人が市場で買った野菜なんかを入れる。まあ業務用エコバッグといったところか。いましまった旅行用トランクを横にしたくらいの大きさで、口が広くて荷物をぽんぽんと放り込めるから使い勝手がいいのだ。

「そういえば確か……」

準備の途中だというのに、思いつくと止められない。脱線だらけだ。スマホを取

り出して検索をする。コレクターの木村蒹葭堂《きむらけんかどう》が売茶翁《ばいさおう》の使っていた茶器や道具を写生させたものを『売茶翁茶器図』として刊行していた、というのを関連の書籍で見た。豊かな色彩と緻密《ちみつ》ながらも風合いのあるタッチでひとつひとつ丁寧に描かれた茶道具が、いくつか掲載されていた。全貌《ぜんぼう》が知りたいと思っていたところ、それが国立国会図書館のデジタルアーカイブで見られることがわかった。

「あ、これこれ」

その中の「僊窠《せんか》」と「都藍《つづら》」と書かれているところで手を止める。

「僊窠」とは茶道具を収めた箱、「都藍」は茶器を入れて運んだ竹籠《たけかご》。売茶翁はこれらを、担《にな》い棒《ぼう》にかけて運び、あちこちで茶店を開いたという。おそらくはこんな感じだったろう。

――京都鴨川《かもがわ》あたり。六十歳になった売茶翁、故郷を離れ、茶売りの生活へ。東山《ひがしやま》に「通仙亭《つうせんてい》」と名付けた茶店を開き、景勝地へと出向いては、行き交う人に声をかける。

「喫茶去《きっさこ》。お茶はどうかい、お茶はいらんかい」――

頭の中は、賑やかな京の街をそぞろ歩く人たちの光景でいっぱいになる。すっか

りいい気分になって
「ってことは、私にとって赤のトランクが僊窠、市場カゴが都藍、ってとこかな。いや僊窠はお道具箱かなあ」

などとなぞらえてみる。そして
「喫茶去」

と声に出してから、我に返る。サボっている場合じゃない。スマホを置いて、荷造りの続きに取りかかる。

市場カゴの底にまずはお道具箱を入れる。横にしたままぴったりと収まった。その上に急須を入れた箱を並べ、空の二リットルのペットボトルを入れたら最後に大判の型染めの風呂敷《ふろしき》でカゴの口をすっぽりと覆《おお》った。

「よし、できた」

視線を感じて顔を上げると、恨《うら》めしそうにこちらを見ているつづみと目が合った。

「ごめん、ごめん」

キッチンに戻り、チャック付きのビニール袋にスプーンひとすくいのカリカリを入れ、カゴの脇に滑り込ませた。

「食べる時間ないかもよ。まあ、控え室で放しておいていいっていわれているから、一緒に出しておけばいいか」

　それで納得したらしく、ストッとベッドの上に飛び乗って前足で顔を撫《な》でたあとに、そのまま顔をお腹《なか》にくっつけるような、とてもヒトには真似のできない体勢で眠ってしまった。

＊

　気持ちのいい朝だ。お天気次第では室内を使うことになるかもしれない、といわれていたが、これなら安心して終日庭で過ごせるだろう。輝くような青空を見ていたら、幸せな気持ちになった。

　てきぱきと身支度をすませる。着ていく服には少し悩んだ。参列者ではないので派手な格好は厳禁。あくまで黒子だ。とはいえ、お祝いの気持ちがちゃんと伝わる服装で行きたい。考えた末に、黒いサマーウールの半袖ワンピースを選んだ。これなら手元をまくったりせずにすみ、作業もしやすい。小さなフリルの付いた衿《えり》が控えめながら華やかさを出している。髪の毛をきゅっとひとつに束ね、耳にパールの一粒ピアスを着けた。

「行くよ」

キャリーバッグのフタを開けると、つづみがためらいもせずに入ってくる。バッグの肩ひもの長さを調整して、左の肩から提《さ》げ、右手で市場カゴを持つ。それなりにずしりときた。

＊

案内によると、会場のレストラン『桑原邸宅』は最寄り駅から徒歩で二十分くらいかかるようだ。歩けない距離ではないけれど、両肩にこの荷物だ。

「売茶翁もそんなふうにして歩いたんだから」

その気になりかけたが、ここは江戸時代の京都ではない。令和の東京だ。しかもこれから披露宴でのお茶の振る舞いだ。はじまる前からへとへとになってもいけない。タクシーに手を挙げた。

門構えの外で車を降りる。庭園の先に、趣《おもむき》のある日本家屋が建てられている。民家というよりお屋敷だ。前もって調べたネットの情報によると、桑原摠一という豪商の邸宅だったところで、昭和の初期に活躍した文豪が一時期暮らしていたこともあるという。そこを民間の外食産業の会社が買い取り、元の姿を活かしながらレストランとして改修したらしい。

玄関に入ると、ちょうどお支度を終えたばかりの新婦が奥の間から出てきたところだった。

「たんぽぽさんですね」

綿帽子の下で笑《え》みがこぼれる。

「澪さん。おめでとうございます」

輝くような美しさだ。

「きれいです」

素直に言葉にする。澪さんが
「ありがとうございます。今日はどうぞよろしくお願いします。えっと、たんぽぽさんの控え室は……」

といいながら案内をしてくれそうになる。慌てて手を左右に振って
「花嫁さんは座っていてください。あとはお店の方に伺いますから」

と制する。

「じっとしていられなくてつい……。あ、紹介します」

澪さんがなかなか戻ってこないのを心配したのか、奥から羽織袴《はおりはかま》の男性がこちらに向かってくる。新郎さんだ。

「今日、お茶をいれてくださるたんぽぽさんよ。こちらは夫の駿介《しゅんすけ》です」

快活な澪さんをあたたかく見守るような穏やかな雰囲気の方だ。

「おめでとうございます」

何度でもいいたくなる。

「澪からいろいろ聞いています。美味《おい》しいお茶、楽しみにしています」

そして
「あ、つづみくんですね」

と私の左肩から提げたバッグに顔を寄せる。

「この人、すごい猫好きなんですよ」

バッグの格子窓を覗《のぞ》き込む駿介さんに澪さんが笑う。

「結婚したら飼いたかったんですが、新居のマンションがペット不可で」

駿介さんが残念そうにいう。

「近所の地域猫の面倒見るって、いまからはりきっているんですよ」

と澪さんが、家紋の入った黒羽織の背中にポンと手を置いた。

控え室として用意してくれた部屋は、普段はレストランの個室として使われているようだ。床の間には控えめな白い花をつけた草花が生けられている。その後ろの掛け軸を見て
「あ！」

思わず声を上げてしまった。流れるような草書体で「喫茶去」と書かれていたからだ。

喫茶去とは、禅語のひとつ。お茶でもどうぞ、といった意味だろう。その文字を見ながら、昨晩想像した売茶翁の茶売りの風景の続きが頭に浮かぶ。

――日暮らしの茶店の場につくと、和紙を広げ、炉《ろ》には火。木の枝でひるがえる茶旗の文字は「清風」。そこにはただ清らかな風が流れているのみ。

一杯の茶がくつろぎをもたらし、もはや主人も客もない。喉を潤《うるお》すと、心の渇《かわ》きもたちまち消え去っていく。

「喫茶去、お茶はどうかい、お茶はいらんかい」――

畳の上で居心地よさそうに体を伸ばしているつづみを残し、市場カゴを持って庭に出る。庭の中ほどに置かれた長テーブルが今日の私のスペース。テーブルの横に広げられた和傘が目印だ。

いったんテーブルに荷物を置き、カゴの中から空のペットボトルを取り出す。

「門の右脇っていっていたけど」

さっきお店の人に教えてもらった場所を探すと、なるほど、手こぎのポンプがある。井戸だ。邸宅として使われていた当時からあるこの井戸、なんといまだに現役だそうだ。定期的に水質検査をし、そのまま飲料水として使えるという。ポンプを一押しすると、澄《す》んだ水が手のひらに注がれる。ひんやりと気持ちいい。口に含むとまろやかで柔らかな口当たりだ。

「美味しいお茶がはいりそう」

思わず顔がほころんだ。井戸のポンプを数回押して、ペットボトルを満水にする。和傘の下に戻り、レストランから借りた湯沸かしケトルに水を移し、電源を入れる。屋外でのイベントに対応できるよう、庭でありつつも電源の設備などが整っているのだ。準備が滞《とどこお》りなく進み、ホッとしていると

「お茶碗、こちらでいいですか？」

黒のスーツ姿の女性がトレーに並べられた茶碗を運んできてくれた。胸にインカムマイクを着けているスタッフのひとりだ。トレーごと受け取る。

「華やかですね」

色とりどりの湯のみが三十個程度、参列者の人数分用意されている。

「新郎新婦がこの日のために作ったんですよ」

週末ごとに二人で陶芸教室に通ったそうだ。披露宴に向けて、二人で引き出物用の器を自作するプランがあるんだとスタッフの方が教えてくれる。

「心がこもっていて、参列者の方も喜ばれますね」

コロンとした丸みを帯びたものや、底に向かって三角形にすぼんだものなど、少しずつ表情が違うのも微笑《ほほえ》ましい。協力し合って作った様子を想像すると、楽しげな笑い声まで聞こえてくるようだ。

「使った湯のみを各自お持ち帰りいただくことになっているんですよ」

今回は自作の器を作るプランをアレンジして、実際に披露宴で使ってもらい、そのまま引き出物とする予定になっているという。今日の思い出をそのまま持って帰れる。いい記念になるだろう。

「じゃあ、いらした方に選んでいただいたほうがいいでしょうかね」

「底を見てみてください」

いわれて湯のみを裏返す。高台《こうだい》の内側に文字が彫られている。名前だ。もうひとつの湯のみを返して見ると別の名前。参列者それぞれの名前が彫《ほ》られているのだ。

「なんと！」

感激していると
「色や形もその方のイメージに合わせて決められたんですって」

とスタッフの方も感心する。色とりどりの理由に納得だ。

「これは、嬉しいですね」

お二人の心遣いに、うるっときそうになった。

「こちらが新郎様側、こちらが新婦様側、それぞれ席の番号順に並べてありますので」

「わかりました。席札を見せていただいてからお渡しすればいいですね」

市場カゴから瓶詰めを取り出し、金色のフタを開ける。入っているのは桜の花の塩漬《しおづ》けだ。箸《はし》を使って一輪ずつ湯のみに置いていくと、三十個の湯のみに桜が咲いた。五月の花見、だ。


「ウエルカムドリンクはこちらですか？」

受付を終えた参列者たちが和傘のもとに集まってくる。

「はい。席札を見せていただけますか」

所定の器を取り、念のため少し斜めにして底を覗き、彫られた名前と照合する。それから桜の花びらの上から熱湯を注ぐと、湯の中で花が満開になった。

「きれい！」

新婦の友人だろう。幅広のリボンでウエストをキュッと絞ったゴールドのワンピースに黒のエナメルのバッグが上品さを際立たせている。

「桜茶です」

桜の塩漬けに湯を注いだもので桜湯とも呼ぶ。お祝いの席や正月のもてなしにも使われる。今日はもう一息おめでたくしたくて、長さ五センチほどの紙の筒をひと振りした。

「わあ、金粉」

お菓子や料理のあしらいとして売られている食用の金粉だ。艶《あで》やかな桜茶が完成した。

参列者が揃い、皆の手に桜茶が渡る頃には、会場は華やかさで満ちてくる。それを待っていたかのように、庭に面した舞台から琴の音が響いた。生演奏だ。と同時に襖《ふすま》が開き、新郎新婦が登場した。拍手と歓声が最高潮に達する。祝辞のあとは祝宴と続く。和婚ながらパーティはカジュアルなガーデンブッフェスタイルで、私も和傘の下でお茶をサーブする。今回用意したのは各地の新茶だ。

「さっきの桜茶、すごく美味しかったです。桜の花も食べちゃいました」

グラスの代わりに新郎新婦手づくりの湯のみを手にした新郎の弟さんだ。お茶請けとしても楽しんでもらえた、と嬉しくなったが

「ほんと、桜茶なんて懐《なつ》かしかったわ。若い頃にお茶の先生のところで、初釜《はつがま》でいただいたのを思い出したわ」

という新婦の伯母さんの言葉に、瞬時に私の体がこわばった。

お抹茶《まっちゃ》がお煎茶よりも偉いわけでもないし、作法が全てでもない。お茶は嗜好《しこう》品《ひん》。気軽に飲んでほしい、と常々思っている。にもかかわらず茶道経験者を前にすると、どこか見下されているような気持ちになる。未熟な自分が見透《みす》かされるように感じるからだ。

「今日はお抹茶ではないのですが……」

自然、声が小さくなる。顔が俯《うつむ》く。

そのとき、ちょうど吹いてきた柔らかな風が、市場カゴにかぶせていた型染めの風呂敷を揺らした。薫風だ。

「たんぽぽさんにお茶が寄り添ってくれるからじゃないですか？」

風に乗って、文鳥のかげんちゃんの供養《くよう》帰りの奈緒《なお》さんが、仙台のシェアホテルでいってくれた言葉が耳元に届いた。

私は背筋を伸ばし、新婦の伯母さんに向き合う。

「各地の新茶をご用意しました。どこのお茶にされますか？」

新茶前線は桜前線同様、南から北上してくる。鹿児島の知覧茶《ちらんちゃ》はその年の気候にもよるが、だいたい四月中旬には出回る。その後、八女《やめ》、静岡と続き、五月中頃には狭山《さやま》の新茶の最盛期を迎える。京都の宇治茶は山間部の気温の低いところで育つためやや遅れるが、それでも五月中には都内の売り場でも手に入れることができる。いいタイミングでちょうど各産地の新茶が出揃った。

「まあ、産地が選べるのね」

「澪さんのご出身の狭山のお茶もありますよ」

今回の依頼を受けたときに
「私がお茶処の出身でお茶が大好きなんです」

と教えてもらった。ぜひとも狭山のお茶を使いたいと思った。でも、通常のパーティでのフリードリンクだったら、シャンパンから白ワイン、そのあとは赤ワイン、となったり、ビールの次は日本酒、となったりする。狭山茶をメインに各地のお茶を「はしご」してもらうのも楽しいのでは、と取り揃えた。

「ええ。私たちはみんな埼玉の出なのよ。じゃあせっかくなので、狭山茶をいただこうかしら」

「狭山のお茶は収穫時期が短いので、稀少《きしょう》なんです。それだけに地元の人たちに愛されながら、大切に育てられているんですよ」

「あら、そんなことをいってもらえると嬉しいわね。自分のことを褒《ほ》められているみたいで」

と誇らしげだ。

煎茶は一煎め、二煎めと煎を重ねていくにつれて、お湯の温度を上げていく。すると、甘みから苦み、渋みへと変化していく味わいを楽しむことができる。でも新茶に限っていえば、一煎だけで飲み切るのをおすすめしたい。ちょっとばかり贅沢《ぜいたく》だけれど、茶葉をたっぷり使ってどんどん飲む、この季節だけの醍醐味《だいごみ》だ。

ご本人のお湯のみを受け取り、軽くゆすいだら、そこに一杯分の湯を張る。器をあたためると同時に湯冷ましにもなる。

狭山茶の入った茶缶から急須に茶さじで一杯。少し多めに山盛りで。いつもなら、ここからもう一息時間をかけて湯冷ましするところだが、新茶の場合、冷ましすぎは厳禁だ。フレッシュな香りと色を出すためには、熱すぎずぬるすぎずの絶妙のタイミングを見計らう。

湯気の立ちのぼる様子や器を持った感覚で適温を判断する。よし、と思える湯温になったら、器の中の湯を急須に入れ、フタをして砂時計を返す。私のガラスの砂時計は一分計だ。普段の煎茶なら蒸らし時間はこの砂が落ち切るタイミングがちょうどいい。でも新茶の場合はここも手早く。砂が半分落ちたあたり、だいたい三十秒くらいで急須のフタを開けて、一度チェック。茶葉の開き具合を確認する。

と、ここでいつも私は『鶴の恩返し』のおじいさんの気持ちになってしまうのだ。見てはいけないのに、ちらっと開けて見てしまう。そのくらい密《ひそ》やかにフタを開ける。

「茶葉の声を聞いているのね」

すっかり「鶴のおじいさん」の気分でいた私に意外な声がかかった。

「声……。どちらかといえば、顔色を見ている感じでしょうか」

フタを開けると爽《さわ》やかな香りが鼻孔《びこう》をくすぐった。茶葉が水分を吸ってふっくら育っている。OKだ。もう一度フタをして、ここで一呼吸。心の中で
「美味しくなあれ」

と念じて、急須から湯のみへゆっくり注ぐ。目を上げた先にある庭の木々や芝の色にも似た瑞々しい薄緑色が広がった。手渡すと
「いい香り」

と目を閉じてから口に運ぶ。

「いかがでしょう」

きっと美味しくはいったはず。茶葉の声が聞こえるわけではない。でもひとつひとつ対話しながらいれている。それがちゃんと味に伝わる。大丈夫。自分に言い聞かせた。

「なんだか体の中が浄化《じょうか》されるよう。こんなに丁寧にいれられたお茶をいただくのは、はじめて」

肩の力がすとんと抜けた。

「他の産地との違いも面白いので、ぜひおかわりしてくださいね」

それなりに緊張していたのだろう。口から出た声がかすれていた。

隣で聞いていた弟くんが
「じゃあ俺は他のにしてみよっと。どこのお茶があるんですか？」

「狭山以外だと鹿児島、福岡、京都、静岡をご用意しています」

「いま、鹿児島出身の友人と仲がいいんで……っていうか、ぶっちゃけ彼女なんですが」

照れ隠しなのか、Vサインを作る。

「鹿児島のお茶を飲んでみますか？」

「お願いします」

「お茶って静岡か狭山でしか作られないんだって思っていましたよ」

「関東にいるとそう思いますよね。でも鹿児島は生産量では静岡に次ぐ一大産地なんですよ」

鹿児島のお茶はとても旨《うま》みが強い。しっかりとしたこくやお茶ならではの苦みもある。ひとことでいえば「濃い」お茶だ。どちらかといえば苦みや渋みが印象的な静岡茶や、まろやかな甘さの福岡のお茶、上品な味わいの京都のお茶。それぞれの

「全部」を盛り込んだのが鹿児島のお茶だというように感じる。

「甘さと強さ……。確かにそうですね」

いれたての知覧茶を一口飲んで呟《つぶや》く。お茶の味わい、というよりも彼女さんのことを思っているのだろう。

「素敵な方なんですね」

私がいうと
「俺にはもったいないくらいです」

と、まっすぐな目で答えた。

お互いを尊重し合える。水と茶葉の関係を思う。今日、ここで汲《く》んだ井戸水は、どの産地のお茶をも美味しくいれてくれる。一見くせのない水だけど、だからこそ包容力がある。

ふと江戸時代の京都の売茶翁に思いを巡らす。

――鴨川のほとりで水を汲む。またあるときは東福寺《とうふくじ》の渓流《けいりゅう》、そしてまたあるときは高台寺《こうだいじ》のふもとを流れる菊渓《きくたに》の水。

紅葉の林に友を招き、茶を飲めば、煩悩《ぼんのう》の心は瞬く間に消えてなくなる。――

いまでも採水地の多い京都だが、当時も評判の名水を人々が重宝がったという。だが売茶翁はもっと身近な水を好んで使っていたようだ。特別に評価された稀少なものよりも、気軽で親しみやすいもの。自分が実際に見て、聞いて、感じたこと。それこそが物をはかる基準。人まねやうわべだけの知識で行動してはいけないよ、そういわれている気がした。

さて、私にとっての基準はちゃんとあるのだろうか。ブレない芯《しん》は持っているだろうか。省《かえり》みていると、口の中に懐かしい味わいが甦《よみがえ》ってきた。

「おばあちゃんのお茶……」

祖母がいれてくれる普段のお茶。それが私の「美味しい」のベースかもしれない。そんなことを思った。

会は和《なご》やかに進行し、このあとは友人によるスピーチなどの余興、お色直しと続く。私はここでいったん控え室に引き上げだ。部屋にはお弁当が用意されている。至れり尽くせりだ。つづみは窓際の陽《ひ》を浴びながらお昼寝中だ。私が戻ってくるとちらりと顔を上げたが、また体を上下させて寝入ってしまった。

コンコン。

入り口を叩《たた》く音に振り向く。引き戸を開けると着物姿のおっとりとした女性が立っていた。

「たんぽぽさん、ですよね。今日、お琴の演奏をさせていただいている若松《わかまつ》と申します」

「あ、先ほどの。生演奏、とても感動しました」

「ありがとうございます。私もお茶を参列者の方から一口いただいたんですが、びっくりしました。お茶ってあんなに甘いんですね」

「茶葉の力、というより場の力です。本当にいいお式ですよね」

「私、二人の昔からの友人なんですよ」

と若松さん。

「そうだったんですか。理想的なお二人ですよね」

「ええ。ずっとあんな感じ。いいコンビなんです」

「だから結婚された」

「そうですね」

と笑う。

「まだ後半がありますから。裏方としてがんばりましょう」

とがっちり握手。すっかり同士だ。

「よかったらお茶いれますからいかがですか？　ちょうど飲もうと思っていたとこ

ろなので」

とお誘いする。

「いいんですか！」

午後の準備にはまだ早い。時間を持て余していたところだった。

「どのお茶にされますか？」

「澪さんの地元の狭山……いや、やっぱり京都にします」

「かしこまりました」

「自分のお湯のみ、持ってきますね」

いったん部屋をあとにし、すぐに朱色の湯のみを持って戻ってきた。

いれるのは「はんなり」という言葉のよく似合う京都のお茶だ。淡く黄金《こがね》色のお茶を見ていると、またもや江戸時代の京都の空想に呼び戻される。

――春には花見、夏には日陰で涼を、秋には月見や紅葉。江戸時代の京は政治の中心から離れた場所。文化人たちは売茶翁の茶のもとに集《つど》い、自由で洗練された時を過ごす。――

障子《しょうじ》の隙間《すきま》から心地よい風が届き、つづみが気持ちよさそうに目を細めた。床の間に飾られた白い小花が静かに揺れた。

「二人静《ふたりしずか》……」

「え？」

「そのお花。この時期の茶花です」

若松さんが湯のみを両手のひらで大切そうに抱える。湯のみの朱の色が若松さんの白い指に美しく映《は》える。ご本人のイメージに合わせて作った、というのがよくわかる。

「ほっとしますね」

つづみがくうーと伸びをして、また丸くなったのを見て微笑むと、床の間に目を戻す。

「たんぽぽさんにぴったりのお軸《じく》ですね」

「きっと合わせてかけてくださったんでしょうね。嬉しいです」

「『喫茶去』って、お茶を召し上がれ、っていう意味だって捉《とら》え方が主流なんですが、他にもいろんな取り方があるみたいですよ」

若松さんがいう。

「そうなんですか？　身分に関係なく平等にもてなし、主と客の境目なくくつろぐ、っていうイメージがあったんですけど」

どんな人にも気さくに声をかけてお茶を楽しむ売茶翁を想像し、そんな解釈を持っていた。

「ええ、それはもちろん。でも」

といたずらっぽく笑ってからいう。

「お茶でも飲んで出直してこい！　とか、目の前にあることに集中せよ、なんて手厳しいニュアンスも」

「あるんですか？」

「みたいです。でもどれもベースにあるのは、難しいことは考えず、まあお茶でも飲みましょうよ、っていう、おおらかなもてなしの心なんだと思います」

出直さずにすんだ。胸を撫で下ろす。

「若松さんはこのあと、まだ演奏されるんですか？」

「新郎新婦の退場のときに何かって頼まれているんですが、曲が決まらなくて……」

「おまかせなんですか？」

「そうなんです。私もその日の雰囲気で決めようと思っていたのですが、かえって悩んじゃっているんですよ。いっそ誰かがこれって決めてくれたらいいのに……」

「じゃあ、カードに聞いてみます？」

庭から引き上げてきた市場カゴからタロットカードの束を取り出して見せる。

「占いですか！　いいですね」

手をパチパチと叩く。こんなに歓迎されるなら、カードを入れてきたのも正解だった。でも占いの場にする花柄の布を今日は持ってきていない。

「何か布……」

といいながらカゴを探るが風呂敷と手ぬぐいしかない。

「布ですか？　これどうですか？」

若松さんが袂《たもと》から萌葱《もえぎ》色の草木染めのハンカチを出す。

「お借りしていいですか？　この上でカードを広げたりするんですが」

「もちろんです」

早速、机の上にハンカチを広げ、カードをシャッフルする。

「候補の曲は何曲あるんですか？」

「とりあえず二曲には絞ったのですが」

「わかりました。では占ってみましょう。仮にA曲、B曲としますので、ご自分でどちらがAの曲かというのを決めておいてください」

といいながらカードのシャッフルを続ける。

「決めました」

の声を聞いてから、カードをひとつにまとめる。

「ではこちらがA曲」

ハンカチの左側に手を置く。そして右側をさして
「こちらがB曲」

位置を示してから、カードの山の上から二枚を横に並べて表を返した。左のカードは〈女帝〉の正位置、右のカードは〈星〉。こちらも正位置だ。Aは繁栄や豊穣《ほうじょう》。結婚式にぴったりの曲だろう。対してBは夢や希望。こちらもこの日にふさわしい。

「A曲は申し分なく喜んでもらえます。ただその分一般的というか、無難というか。B曲はもう少し心の奥に響く深さがあるかもしれませんね。人生を照らす道しるべになるような」

私の説明に若松さんが神妙に頷く。

「私、あの二人がずっと憧れだったんです。こんなことというと駿介さんへの片思いをしていた、みたいに思われるかもしれませんが、そういう次元ではなくて。澪さんも駿介さんもずっと手の届かない存在。いつになってもずっと」

「でもこうしてお琴をお願いされるんですから、お二人も若松さんを頼りにされているってことですよ」

「二人に追いつきたくってお琴をがんばって師範にまでなったんです。でもそのときには二人は私よりももっと先を歩いていて、結局追いつけない」

「身近に憧れの人がいるなんて、素晴らしいじゃないですか」

若松さんがお茶を一口こくりと飲む。

「京都は大学の卒業旅行に三人で行った場所なんです。あの頃から私は全く成長していない」

はにかんだように笑った。

「では私からこちらを。懐《ふところ》にでも忍ばせておいてください」

ま　まっすぐに
よ　よく響き合う
い　彩りの
ね　音色が奏《かな》でる
こ　寿《ことほ》ぐ良き日

「迷い猫カード」を手に若松さんが微笑む。

「ありがとうございます。今日この日に、たんぽぽさんに会えてよかったです」

＊

庭では余興が終わり、宴たけなわといったところだ。私もデザート代わりのお茶の振る舞いをはじめる。たっぷりとした黒の片口《かたくち》に黒茶を注ぎ、すす竹の茶筅二本を使って泡立てる。

「バタバタ茶っていうそうです」

新婦の澪さんが壇上からお茶の紹介をしてくれる。

「二つの茶筅を動かす音がバタバタと賑やかなのでそう呼ぶのですが、二人でひとつのことをやるということで結婚のお席にも合うお茶です」

こちらに渡されたマイクで説明する。富山県の蛭谷《びるだん》という地区に伝わる文化で、茶葉も富山の黒茶を使った。

「かつては新潟の糸魚川《いといがわ》地区でも飲まれていたそうですよ」

というと新郎新婦が顔を見合わせる。新潟は新郎の出身地だ。打ち合わせの際にそれを聞いて調べているうちに、バタバタ茶を知った。

お茶は法事の引物になることも多いため、不祝儀のイメージもあるかもしれないが、九州の茶産地などでは結納品《ゆいのうひん》に使われることもある。一年中緑を絶やさないこと、樹齢が長く、大地に根付く生命力にあやかり、おめでたい席にも重宝される。できあがったお茶を参列者に片口からサーブしていく。

「糸魚川にそんな文化があるなんて知らなかったなあ」

新郎の叔父さんだ。

「実は私も今回、駿介さんゆかりのものを探していて出会ったんです。ごく一部の地区での風習なので、富山や新潟でもご存知ない方が多いようですよ」

「そうでしたか。あ、あれ？」

さかんに首を傾《かし》げている。

「何か？」

「いや、これ……」

器を両手で持ち替えつつ「拝見」している。作品に見所があったのだろうか……と思ってから、あっ、と思った。『はてなの茶碗』だ。

「どこか漏《も》れていますか？」

「みたいだな」

ビンゴだ。

『はてなの茶碗』とはこんなあらすじの上方《かみがた》落語だ。東京では『茶金《ちゃきん》』という演目で呼ばれることもある。

京に茶道具屋の金兵衛《きんべえ》、通称「茶金」と呼ばれるたいそうな目利きがいた。なんでもこの茶金、価値のないものには目もくれない。だからか、茶金が手に取っただけで倍の値が付くのだという。ましてや首を傾げようものなら、百両の値打ちになるというではないか。

ある日、寺の境内の茶店で、茶金が茶碗を手にしきりと眺めては首を傾げていた。それを見た油屋
「これはとんでもない値打ちものに違いない」

と茶店の主人にかけ合って、なけなしの二両でその茶碗を買い取る。これを売って大儲《おおもう》けをしよう、と意気込んで茶金の店へ乗り込む。

「さて幾らで買い取るか？」

「いや、これは価値のない茶碗。幾らも値は付きません」

と茶金に一蹴《いっしゅう》されてしまう。

「じゃあ、なんだって、あんなにしきりに首を傾げたんだ？」

と聞くと
「どこにも傷がないのに水が漏れていたから、『はてな』といっただけだ」

と茶金。そうはいったものの、有り金をはたいた油屋を不憫《ふびん》に思い、三両で買い

取ることにした。

さてそんな話をどこからか聞きつけた殿下が、面白がってその器に箱書きを付けてくれる。そこでいよいよこの器に千両という値が付いた。油屋にもめでたく五百両の分け前が入った。すっかり調子に乗った油屋、もっと儲けが出るだろうと、こんなものをどこからか探してきた。

「今度は十万八千両が付きますぜ。たくさん水の漏る大きな壺《つぼ》を見つけました」

首を傾げた仕草を勘違いしたことで面白く膨らんだ噺だ。とはいえ、水の漏る茶碗に首を傾げたのも、目利きその人。……ということは、新郎新婦作の器に首を傾げたこの方も目利きなのでは⁇　そこまで思って、いやいやと頭を横に振った。

落語のそれはさておき、その湯のみで今日は何度かお茶を飲んでいるのだ。これまでは気付かなかったのだから、使っているうちに見えにくいひびが入って湯が染み出てしまったのだろう。

「予備を預かっているので、交換しますね」

こういうこともあろうかと、いくつか名前の入っていない湯のみも渡されていた。

「いや、このままでいいよ。若い二人が一生懸命作ったんだ。記念に飾っておくよ。なに、湯を入れなきゃいいんだから、菓子器にでもするかな」

にぶ茶色の茶碗は淡い色の干菓子を盛ったらきっと映えるだろう。それもいいな、と思った。


いよいよ会も大詰め。新郎新婦から参列者に向けてのお礼の挨拶《あいさつ》だ。両親への感謝や花束贈呈といった型通りのものはなく、自分たちの言葉で想いを伝えたいという姿勢がとても清々しく見えた。お礼の言葉は私にまで及ぶ。

「美味しいお茶をいれてくださったたんぽぽさん、見ず知らずの私たちのためにいろいろ考えて出身地のお茶を探してくださったり、趣向を凝らした心のこもったおもてなしをありがとうございました」

過分な言葉に申し訳ないくらいの気持ちになる。挨拶は続く。

「そして琴演奏をしてくれた若松千鶴《ちづる》さん。彼女は私たちの学生時代からの友人です。当時から琴を習われていて、精進され、師範になられた。自分の決めた道をまっすぐに進む彼女を尊敬します」

澪さんの声が会場内に響く。

「三人で京都に行ったこと、覚えている？」

駿介さんが次の演奏のために控えている若松さんに話しかける。彼女の顔はこちらからは見えない。

「あのとき、寺のことや文化のこと、千鶴から教えてもらって、それがきっかけで僕ら、和の文化に興味を持ちはじめたんだ」

「だから千鶴との出会いがなければ今日はなかった。感謝しかない」

と澪さんが続ける。

「これからも千鶴が文化を伝承していく姿が僕らの励みになる」

駿介さんが力強くいい切った。

祖母が茶園を閉める、といったとき、その年に育った新茶を譲り受けて日本茶カフェをはじめた。茶文化を伝えたい、とか、茶葉を守りたいなんて大それた考えは持っていなかった。でも行く先々で私のいれるお茶に触れた人たちが笑顔になったり、気持ちをリセットしていってくれる姿を見ているうちに、これが私に与えられた使命なのかも、と感じるようになった。きっかけは何だっていい。信じて歩むことが大切なんだ。

会場には、新郎新婦の退場と会の終わりを彩る琴の音が鳴り響いていた。A曲、B曲のどちらを選んだのかはわからない。でもそれは心をあたたかくする、やさしい音色であったことは間違いない。

＊

片付けをしていると、澪さんがスタッフの方と慌てたようにこちらにやってきた。お色直しの振り袖から着替え、いまは白のスーツ姿だ。

「お湯のみからお茶が漏れていたって、どの人のかわかりますか？」

おそらくスタッフの人が事の成り行きを見ていて、澪さんに伝えたのだろう。

「ええと……」

庭に目をやると、駿介さんと談笑をしている一群が見えた。

「あの方です。背の高い眼鏡の男性」

「あ、佐久間《さくま》さん」

私も一緒に付いていく。

「お湯のみが水漏れしていたそうで、すみません。別のものをお渡ししますので」

「いやいや、彼女にもいったんだけどね」

私に目配せする。

「気に入っているから、これをそのまま使わせてもらうよ」

「でも……」

といい淀《よど》む澪さんに

「菓子器にされるそうですよ」

と私は合いの手を入れる。

「さすが、考えることが違うなー」

駿介さんが感心したように呟く。

「なかなか味があっていい器だよ。気に入ったよ」

「本当？　叔父さんにそんなこといわれると嬉しいなあ」

と駿介さん。

「佐久間さんはすごい目利きなんですよ」

澪さんの言葉に頭がくらくらする。まさに実録『はてなの茶碗』だ。

「そんなんじゃないよ。田舎《いなか》でちっぽけな骨董屋《こっとうや》をやっている枯れたおやじだよ」

「骨董屋さんなんですか！」

今回は器屋さんを巡る時間がないと諦めていたというのに。

「あの……」

阡鐵《せんてつ》の名を出して事情を説明すると

「ああ。だいぶん前にたくさん出回っていた時期があったなあ。そのあと確か十年くらい前だったかな。久しぶりに見つかったのが薄づくりの汲み出しだったかな。

珍しい色の」

「それです、それを探しているんです。誰が買われたかご存知ないですか？」

詰め寄るが
「私も見てみたいんだが……」

と申し訳なさそうに返された。

「そうですか」

残念だけど、探していた器が実在したとわかっただけでも進歩だ。そんなふうに前向きに捉えられるようになったのは、真摯《しんし》に琴に向き合ってきた若松さんの姿に、心打たれたせいかもしれない。


控え室に戻り、荷物をまとめる。

「つづみ、帰るよ」

キャリーバッグのフタを開けるが、床の間の前から離れようとしない。

「どうしたの？」

つづみの視線の先は二人静が生けられている花器。徳利《とっくり》型の細長い一輪挿しだ。

「これって……」

見たことがある。蔵の中にあったものにそっくりだ。もしかして、とそっと手に取り、花を揺らさないよう用心深く持ち上げて底を見ると「佰鐵」と刻印されている。

「お弟子さん……かな」

師匠から名前を一文字貰って屋号にするのはよくあることだ。弟子がいたとは聞いていなかったが、作風はかなり似ている気がする。

花瓶の隣に目を移すと、さっきまで気付いていなかったけれど、水筒のような木製の筒が柱の中ほどから吊るされている。

「あ、確か……」

スマホで国立国会図書館のデジタルアーカイブのページを開く。『売茶翁茶器図』。その中の竹製の筒の絵を指を動かして拡大する。売茶翁がお茶を振る舞う際の金銭入れだったという。僧侶が托鉢《たくはつ》のときに持っている鉄鉢《てっぱつ》の代わりだ。いくつかの銭筒を所持していて、「茶銭は黄金百鎰《ひゃくいつ》よりは半文銭まではくれ次第。ただのみも勝手。ただよりはまけもうさず」。この文言もその中のひとつに書かれていたものだという。

「似てる」

スマホの画面とここに吊るしてある細長い筒がそっくりだ。でも実在するはずはない。なぜなら……。その日の光景はこんなふうだったろうか。

――齢《よわい》八十を超えたわが身、思うように体が動いてくれない。一緒に苦楽を共にした茶道具たちよ。自分がいなくなったあと、見ず知らずの人のものとなり、まっとうに扱われないようでは気の毒だ。そうなる前に、みな、火にくべよう。やがて灰となり、永遠の魂となるために。――

こうして売茶翁は、晩年、自分の茶道具を全て焼き捨ててしまったのだ。ただ、焼却の際に同席していた者たちが、慌てていくつかの茶道具を火の中から取り出したとされている。それに茶道具を焼却した宝暦《ほうれき》五年以降も、売茶翁は京都の聖護《しょうご》院《いん》に留《とど》まり、馴染《なじ》みの文化人たちとお茶を楽しんだという記録もある。亡くなる直前には、「奇興缶《きこうかん》」という愛用していた磁器の茶瓶が日本画家の池大雅《いけのたいが》に委《ゆだ》ねられたという記録もある。

持っていたもの全てを焼却したわけではない。ならばもしかしたらこの銭筒も、そんなひとつではないとはいい切れない。それこそ「幻」の茶道具だ。そんなふうにあれこれ想像を巡らせた。

「でもなんで手放しちゃったんだろう」

他人の手に渡ることへの不安だけだろうか。それよりももっと潔《いさぎよ》い、ひとつの覚悟のようなものだったのではないか。物としての形が残ることで、余計な評価が加えられないように。最後まで、そしてそのあとまでも自由でありたいと願い、自分の足跡を残すまい……とする。

そして私の探している器のことを思う。

「もうちょっと探してみよう」

心に誓っていると

「うなっ」

とつづみが答えた。

「これからもお供をよろしくね」

フタを開けたキャリーバッグに、今度は自分で頭から入って、くるりと向きを変えた。左肩にバッグを掛け、右手に市場カゴを持った。

庭ではまだ参列者の賑やかな声が聞こえていた。宴の名残《なご》りの華やいだ空気が漂っていた。

【茶】抹茶（不昧公好み）　島根県松江製　シェーカー冷抹茶
【水】清浄泉　鳥取県大山町
【菓】山川　彩雲堂
【器】ガラス製抹茶碗　牛ノ戸焼オマージュ　清家ナオキ

第4話

シェーカーを振って お抹茶《まっちゃ》を点《た》てています

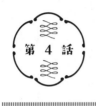

「産まれたよー」

アイボリーのおくるみの中ですやすや眠る赤ちゃんの写真とともに風子《ふうこ》からLINEが届いたのは、長かった梅雨《つゆ》がようやく明けた日の午後だった。例年よりも二週間も遅い梅雨明けに、久しぶりに顔を出した太陽が、ここぞとばかりにはりきって日差しを送る。ニュースでは早速「真夏日」だの「熱中症に注意」だのと、耳にしただけでも汗が噴き出しそうな言葉が伝えられる。

というのに私の飼い猫、はちわれ柄のつづみは、窓際のカーテンの隙間《すきま》から差し込んだ細長い光の形に体を添わせて横たわっている。

「暑くないの？」

そっと背中に手を置くと、なかなかの温度だ。でも本人はごろごろと体勢を変えながらも、その場所を動こうとはしない。全身まんべんなくあったまろうという考えらしい。

「久しぶりのお日さまだもんね。光合成してくださいな」

植物が日光の力で緑を繁らすのが光合成だが、つづみを覆《おお》う白と黒の毛も、日の光を浴びてふかふかに成長するんじゃないかと思う。

「だって、カリカリと水くらいで、こんなにつやつやの毛が育ったりする？」

機嫌よさそうに日光浴をしているつづみを見る。

雨の季節が終わったせいか、私もそろそろどこかに出かけたい……そう思っていた矢先だった。

　風子は私の大学時代の友人だ。自宅から通学している学生が多い中、地方から上京し、ひとり暮らしをしていた私たちは、自然と仲良くなった。借りていたマンション（と呼ぶのが憚《はばか》られる簡素な造りの）もほど近く、お互いの部屋に寝泊まりすることもしばしばだった。シングルのパイプベッドで、ひとつの布団《ふとん》に入って、将来のことをあれこれ語り合ったのも懐《なつ》かしい。

　二人とも、大学卒業後も東京に残って就職したが、風子は旅先で知り合った隆《たかし》さんと結婚して、いまは関西に住んでいる。それが五年前のことだ。

　それでもSNSという便利なツールのおかげで、以前よりも距離が近く感じるくらいだ。彼女の夕食のメニューや新しく導入した家電のことまでわかってしまうなんて、空恐ろしくも感じる。もっとも、本人が「よし」と思うものだけを発信しているわけだから、それが全《すべ》てであろうはずがない。

　とはいえ、暮らしぶりを垣間見《かいまみ》られることは間違いない。それに散歩のついでに見つけた風景や、近くのカフェの写真などを見ているせいか、行ったことのない場所なのに、なんとなく親しみが湧《わ》いてくる。

　春先には、近所の家の軒先で育つツバメの巣づくりから巣立ちまでの様子が日々更新されていて、こちらもはらはらしながら「子育て」を観察したものだった。

そんな風子のことだから、もちろんお腹《なか》の赤ちゃんの育つ様子も随時アップされていて、いよいよ予定日が近づき、入院をし……と、まだかまだかと親戚のような気持ちで無事の誕生を待ちわびていたところ、SNSにアップするより先にLINEが届いた、というわけである。

「おめでとう。かわいいー。会いたいよお」

スマホの中にある、さまざまな「めでたい」を表す絵文字やスタンプを十個くらい次々送る。

「退院してから一、二ヶ月は実家にいるから、その間に来てー」

風子のご実家は島根だったか鳥取だったか、とにかく山陰のどこか、だというのは知っていた。学生時代から帰省のたびに誘われてはいたけれど、いかんせん遠い。新幹線でさくっと行ける距離ではない。そうはいっても、いまでは、場合によっては飛行機に乗ってまであっちこっち出張している身なのだから
「産まれたら絶対見に来てね」

と実家での里帰り出産を決めた風子からの誘いに断る理由もない。

風子のSNSを開く。出産前に安産祈願に行ったという神社の投稿には、「島根県松江市」という位置情報が添えられている。一方、ご実家は鳥取県の米子《よなご》市。私

が当時から「島根だか鳥取だか」と思っていたのもあながち間違いではなかったわけだ。つまりお隣の県が生活圏なのだ。

「気持ちよさそうなところだなあ」

里帰り中の風子のＳＮＳには広々とした風景が度々《たびたび》登場している。背景にそびえる山は大山《だいせん》だ。伯耆《ほうき》富士とも呼ばれているそうだ。

「確かに富士山に似ている」

私の地元、静岡県の誇り「富士山」になぞらえられ、急に親近感を持った。

旅の計画を立ててみよう、と思った。

スマホをブラウザに切り替え、「鳥取の旅」と検索をかけていると、さっきまで日なたで伸びていたつづみがのそのそと歩いてきて、私の隣にぺたりと座った。

「お、行く気満々だねえ」

頭を撫《な》でると、喉《のど》をゴロゴロ鳴らす。

「そうだよね。行くからには遊ぶだけじゃなくって仕事もしないとねー」

いったん開いた鳥取の食や温泉の情報を閉じ、改めて検索画面に「鳥取　イベント」と入力してみる。いくつかのサイトにヒットし、それをスクロールしていく。

「これ、いいかも」

開催は夏の終わり頃。約一ヶ月後だ。出展者はまだ募集中のようだ。こういうのは出会い、というかタイミングだ。善は急げ。問い合わせフォームに向かった。

＊

東京駅のコンコースは、ラッシュ時間は過ぎたとはいえ、まだ帰宅するビジネスマンが大勢歩いている。その中を大きな荷物を提《さ》げて歩くのは、後ろめたいようで、実のところちょっと優越感に浸《ひた》れる。

駅弁やお土産を売るショップを覗《のぞ》く。悩みに悩んで、遅めの夕食に色とりどりの手まり寿司が六角形のパッケージに入ったものを選んだ。

「夜は長いから……」

ポテト系のスナックに小箱入りのチョコレート。小腹用の菓子パンにペットボトルの水とコーヒー。それから

「一本くらいいいか」

と自分にいって、三五〇ミリリットルの缶ビールを買った。お酒は強いほうではない。父も母も下戸《げこ》だから、これは遺伝だ。私もこのくらいの缶ビール一本でいい気分になってしまう。安上がりだ。にもかかわらず、列車の旅になると「ちょっと一本」となるのは、非日常のうきうき感のせいだと思う。

ホームに着くと、すでに電車が乗車口を開けて待ち構えていた。今日はこの『サンライズ出雲《いずも》』に乗って、米子まで行くのだ。

米子までの道のりを調べているうちに、この寝台車の情報に辿《たど》り着いた。飛行機でも行ける場所だけど、毎日運転する「最後の寝台特急」というのに惹《ひ》かれた。かつては『ブルートレイン』と呼ばれ、遠距離を移動する手段として日本全国を結んでいた寝台列車も、いまでは定期的に運行しているのは高松行きの『サンライズ瀬戸』と、出雲市行きの『サンライズ出雲』だけなんだそうだ。

「楽しそう」

切符はネットでも購入できるようだが、座席のタイプがいくつかある。窓口で訊いたほうが早そうだ。翌日、最寄り駅の窓口に行った。

「十時打ち、なんていわれているんですよ」

感じのいい若い駅員さんが笑う。繁忙期や人気の席などは、乗車日の一ヶ月前の朝十時きっかりに購入しないと売り切れてしまうこともあるらしい。その争奪戦に勝利すべく、十時ぴったりに予約の入力をする。それを「十時打ち」とマニアの間では呼ばれているそうだ。

「プラチナチケットなんですね。大丈夫かなあ」

私が不安そうにいうと

「シングルの個室は席数もありますし、夏休みも終盤ですから、発売日の朝にいらしていただければ大丈夫だと思いますよ」

心強い。

その翌々日、乗車日のちょうど一ヶ月前にあたる日に、指南通り十時少し前に窓口に行くと、先日の駅員さんが

「お待ちしていました」

とにっこりする。

日時と席を改めて確認し、ちらりと時計を見る。画面に向かってキーを操作したかと思うと

「はい、取れました」

とこちらを向く。誇らしげな表情に、つい、素敵！　と思ってしまう。勇者だ。

夜十時東京駅発の寝台特急『サンライズ出雲』。米子に着くのは翌朝の九時過ぎだ。楽しい列車の旅がはじまる。私はつづみを入れたキャリーバッグを肩に、いそいそと列車に乗り込んだ。

ＪＲではペットは手回り品として持ち込むことができる。一番長い辺が七十センチ以内で、縦、横、高さの合計が九十センチ程度とケースのサイズや重量規定もあるが、猫や子犬用の通常のものなら、たいていここに含まれる。一個二九〇円の手

回り品切符を購入すれば、寝台車にも乗せることができる。

長旅にはなるが、今回は個室なので安心だ。乗車中に外に出すことはできないが、バッグの中にカリカリや水を入れてあげることもできる。

どのみちつづみは、移動中はフードも水もほとんど口にしない。ストレスになっているのではないか、と心配したが、食事のペースやタイミングには個体差があるという。移動中もじっとしている、というよりは、ゲージの窓から見える外の景色に興味津々《しんしん》といった様子なのだ。定期的に獣医さんに診《み》せているけれど、体調に問題はない。お出かけ好きは持って生まれた素質のようだ。

切符に書かれた指定席の番号を辿っていき、ドアを開ける。ベッドと荷物置き。車内というよりはカプセルホテルに近い。こぢんまりして、設備も最小限だが、それがまたおこもり感になって居心地がいい。早々と備え付けの寝間着に着替えリラックスモードに入った。

やがて列車がゆっくりと動き出す。ホームには帰宅の電車を待つビジネスマン。

「お先です」

小さく頭を下げて、プルトップをプシュッと開けた。

今回の旅は車中一泊、現地一泊。現地、は風子のご実家だ。

トランクの中は、私の着替えを入れたエコバッグとつづみのカリカリとネコ砂にいつものお道具箱。現地調達するものがほとんどなので、荷物は多くない。長旅のおともに写真集を一冊連れてきた。米子出身の写真家、植田正治《うえだしょうじ》の作品集だ。

何年か前、東京駅のステーションギャラリーで開催されていた回顧展に立ち寄った。実のところ、人との待ち合わせの間にちょっと時間が空いてしまったので、たまたま入ったのだ。そこで衝撃を受けた。モノクロームの画面の中に女性と子どもが等間隔で並んだ一枚。男性がさす黒いこうもり傘が印象的な作品など、スタイリッシュなのに、どこか人の温もりや家族の団らんを感じさせるような作品が並んでいた。その植田正治写真美術館が鳥取にある。最寄り駅は米子だという。

駅弁の手まり寿司を食べ終える。窓の外では光の粒があらわれては流れていく。

「なんだか銀河鉄道に乗っているみたい」

高校生の頃に読んだ、新潮文庫の幻想的なカバーのイラストが脳裏《のうり》をよぎる。ジヨバンニは旅の終わりに、カムパネルラと一緒に「ほんとうのみんなのさいわい」のために、と誓ったんだっけ。私の旅はどこに向かっているのだろうか。旅の終わりに何が見つかるのだろう。そんなことを思いながらぼんやりと窓の外を見ていたら、いきなり現実に引き戻された。銀河から地上に。それもよく知った土地に。

「あれー」

停車中のホームは、実家の最寄り駅の浜松《はままつ》だ。ＪＲの在来線の線路を走っているのだから、東京から米子に行くのに静岡県を経由するのは当たり前だ。しかも県内のいくつかの駅はこの電車の停車駅でもある。時計を見ると深夜の一時を回ったところ。見慣れた風景なのに、人気《ひとけ》のないホームは、いつもと違って見えてくる。

「今日は実家には寄らないけど……」

車窓から両親に小さく手を振った。

寝付けるかな、などという心配はする隙すらなかった。列車の規則正しい振動が、かえって心を落ち着かせたようで朝まで熟睡した。やがて米子駅への間もなくの到着を知らせる車内アナウンスに、手早く身支度をすませる。

キャリーバッグの中では、つづみがしっぽの先まで念入りに舐《な》める「朝風呂」の最中だ。水とカリカリを片付け、昨夜の食べかけのおやつ（これは私の）や空き缶をまとめ、ベッドの上の布団を畳《たた》んでいると、ほどなくして電車のスピードが緩《ゆる》まり、米子駅に滑り込んだ。

ホームに降り立つと、朝の日差しがまだ完全に目覚めきっていない体に容赦《ようしゃ》なく降り注ぐ。

「暑っ」

目を細めた。日差しが強い。でも湿度は低く、風が通って心地いい。その瞬間、ふいに子どもの頃の夏休みの風景が甦《よみがえ》ってきた。祖母の家の庭に咲くハマナスの白い大輪の花。それに焼けるような砂地のビーチサンダルごしの熱さを感じたような気がした。

まだ時間はたっぷりある。まずは写真美術館だ。駅前からバスを乗り継いでも行けるようだが、荷物も多い。つづみを連れて美術館の中に入るのも憚られる。タクシー乗り場に行って、運転手さんに直接交渉してみる。

キャリーバッグに入れたペットを車内に持ち込んでもいいか、そして私が美術館にいる小一時間ほど、荷物と猫を車内に置いたまま待っていてもらえるか。往復の運賃に待機時間分が加算される。タクシーにとっても片道だけで空車で戻るより効率がいい。たいていは引き受けてもらえるが、ごくたまにペットアレルギーを理由に断られる場合もある。運転手さんだけでなく、その後利用する不特定多数の乗客のことを考えればもっともだ。だからいつも

「いいですよ」

といってもらえると、ホッとすると同時に心からありがとう、という気持ちになる。

今回も、乗り場の先頭に並んでいたタクシーの運転手さんが笑顔で迎えてくれ

た。女性の運転手さんだ。

「猫ちゃんですか?」

キャリーバッグの格子窓を覗く。

「はい。おとなしいのでご迷惑はおかけしないかと……」

つづみにも声が届くようにいう。

「大丈夫ですよ。なんていうんですか?」

車内に乗り込み、キャリーバッグを膝《ひざ》にのせる。

「つづみっていいます」

「いえ、種類が?」

名前じゃなかった。子どもじゃないんだし、そりゃそうだ。いくぶん恥ずかしくなりながらも
「雑種ですね。黒と白のはちわれ柄の」

「男の子?」

「はい」

今度は元気よく答えた。

「ご旅行ですか?」

荷物に目配せする。割れ物もあるので、念のため後ろのトランクではなく、座席

に置かせてもらっていた。

「仕事もちょっとあるんですが、第一目的は友人に会いに行くんです。赤ちゃんが産まれたので」

「まあ。いつ？」

「ちょうど一ヶ月前です」

「一ヶ月……かわいいでしょうねえ」

運転手さんがバックミラーごしに目を細める。

車はあぜ道に入っていく。すると突然、目の前にグレーの大小の箱が並んだようなモダンな建物があらわれた。きりりと空間を切り取った背景には、雄大にそびえる大山。圧巻の風景だ。

「大山がこんなにくっきり見える日は珍しいんですよ。年に何回もあるかどうか」

美術館の駐車場でエンジンを切り、運転手さんが窓から見上げていう。

「メーターは三十分で落としておきますから、せっかくなのでゆっくり見てきてくださいさい。車内も涼しくしておきますから、猫ちゃん……つづみくんのこともご心配なく」

「ありがとうございます」

お礼をいって車の外に出ると、山の空気が一気に体の中を吹き抜けた。

「気持ちいい……」

「こんな日は、あくせくしちゃうともったいないないですからね」

旅は一期一会《いちごいちえ》だ。人と行き交う中で何か豊かな気持ちを受け取ることもある。私のお茶も、飲んだ人たちにとってそういうものとなれたら嬉しい。そんなことを思いながら、送り出してくれる運転手さんに頭を下げた。

グレーの箱の中に入ると一階が展示室。ほどよい点数の作品が、広々とした空間の中に展示され、各自のペースでゆっくり見られる。二階に上がると、正面のガラスの向こうに大山。それをトリミングするかのように窓が配置されている。

この大きな窓ガラスにちょっとした楽しい仕掛けが施《ほどこ》されていた。窓の中ほどにシルクハットの絵がプリントされていて、窓の前に来場者が立つと、ちょうどシルクハットをかぶった姿になる。傍《かたわ》らに用意されている小道具のステッキを持てば、植田の写真の中の登場人物のようになれるのだ。子ども連れが、楽しげに写真を撮り合っている。

「あれ、この光景、どこかで見たような……」

デジャブのような感覚に襲われて、気付く。

杖《つえ》をつく老人、売茶翁《ばいさおう》の姿だ。

――名うての画家たちが、こぞって彼の肖像画を描きたがる。しかし売茶翁は首を縦に振ることはない。鶴氅衣《かくしょうえ》を着て茶道具を担い、あたかも高嶺《たかね》のような姿で描写されるなぞ、己《おのれ》にふさわしくない。一本の細い曲がった杖を持つ、貧しく孤独な、ただ茶を売るだけの翁《おきな》なのだから。――


大山を背景に、そんな彼の姿が見えたように感じ、不思議な縁を感じた。

駐車場では、運転手さんがタクシーの窓ガラスを拭《ふ》いているところだった。

「お言葉に甘え、ゆっくり見させていただきました」

車内は空調は抑え気味に、窓を全開にして風を通しておいてくれたようで、つづみが気持ちよさそうな顔をして待っていた。米子駅まで戻り、車を降りた。

「楽しい旅を。かわいい赤ちゃんと、お仕事もがんばってくださいね」

ピカピカに磨かれた濃紺《のうこん》のタクシーのボディーが、夏の光の中、ひときわ輝いて見えた。


電車の時間をチェックして風子にＬＩＮＥを送る。時間まで駅構内の売店を覗く。鳥取と島根の名産品が混在して置かれている。

「やっぱりどちらの文化もあるんだ」

それで心が決まった。

お隣の島根県の松江市は大名茶人、松平不昧公《まつだいらふまい》のお膝元《ひざもと》で、茶の湯が盛んだ。米子で島根のお茶をいれていいものか……と躊躇《ちゅうちょ》していたが、このラインナップを見て安心した。不昧公好み、と書かれた抹茶の小缶を買う。

それから和菓子。これも松江の老舗《しにせ》のもの。求肥《ぎゅうひ》に緑色のそぼろをまぶした定番の『若草《わかくさ》』を手に取ろうとして、一瞬考える。そして隣に目をやって、羊羹《ようかん》のような形のピンクと白の棒状の落雁《らくがん》が一本ずつ並んで箱に入っている『山川《やまかわ》』を選んだ。

米子駅から二駅。車窓から長閑《のどか》な景色を堪能《たんのう》しているうちに、伯耆大山《ほうきだいせん》駅に到着する。改札を出ると、白いセダンからポロシャツ姿の男性が降りてきた。風子のお父さんだ。

「はるばるお越しくださって」

「こちらこそ押し掛けまして。駅までありがとうございます」

風子のご両親には、大学の卒業式のときに一度、そのあとは彼女の結婚式のときにお会いしたくらいだ。風子は父親似だ。だからか数度しかお会いしていないのに、そんな気がしない。

「おめでとうございます。お写真見せていただいたのですが、目がくりっくりで、とってもかわいいですね」

お父さんが目を細める。「おじいちゃん」なんていっては申し訳ない若々しさだ。

「いやあ、男連中はこういうときに本当に役に立たんなーと思ってね。手伝おうとすると足手まといだってじゃまにされて。だからたんぽぽさんの送迎でようやく仕事ができたよ」

と笑う。

風子のご実家はどっしりとした構えの平屋の大家だ。広い庭の先には離れもある。

「立派なお屋敷ですねー」

感嘆していると
「私の祖父の代からの家でね。なに、古いだけの代物《しろもの》だよ。でも昔のものはしっかりできているのか、台風でも雨漏《あまも》りひとつしなかったんだよ」

ここ数年は、鳥取でも集中豪雨や台風が接近することが多いけれど、幸いにも大きな被害が出ることはないそうだ。

母屋《おもや》に入る前に離れに案内してもらう。今日、私はここに泊めていただけるそうだ。新生児のいる家だ。粗相《そそう》があってはならない。荷物とともに、つづみは部屋に置いていく。

「うちの犬、よく吠《ほ》えるから、つづみくんが嫌がるかな」

「メグちゃん、赤ちゃんには平気だったんですか？」

「それが、すっかり母親気分なのか、いつもおとなしくそばにいるんだよ」

メグちゃんはご両親が飼っているシーズー犬だ。

「溺愛《できあい》っぷりがすごい」

と風子は呆《あき》れていたが、赤ちゃんが産まれたらメグちゃんが焼きもちを焼くのではないかと心配していた。でも杞憂《きゆう》だったようだ。

離れの広間に荷物を置いて、つづみのキャリーバッグのフタを開ける。キャリーバッグの中から周囲をきょろきょろ見回す。それからおもむろにバッグの外に足を踏み出し、ゆっくりと室内をチェックしていく。

まずは隠れ場所になりそうなところを探す。宿泊施設だとベッドの下なんかが多いけれど、こうした広間だと、押し入れの中やテレビ台の裏なんかだったりする。そうやって安全かつお気に入りの場所を確保したら、そこを起点にそろりそろりと他のところへも足を踏み入れていく。

猫によっては、引っ越しのあと一週間近くもほとんど飲まず食わずでじっとしている子もいるらしいが、つづみの場合はさすがに慣れたものだ。三十分も放っておけば、すっかり我が物顔で闊歩《かっぽ》している。

今日もいつも通りに陣地を決め（入り口近くの押し入れの下段にしたらしい）、それから歩みを進めている。鼻をひくひくと動かし、耳をぴんと立て、五感の全てを研《と》ぎ澄《す》ませている。

　持ってきたお皿にカリカリと水を用意し、キャリーバッグの底にセッティングしたトレーにネコ砂を入れる。ここがトイレになる。

「慣れたもんだねえ」

　お父さんが感心する。

「最初はこちらの都合で連れ回して申し訳ないなあ、と思っていたんですが、お出かけが気に入ってくれているようで安心しました。逆に出張が少ないほうがストレスを溜《た》めちゃうんです」

「犬みたいだね。メグもドライブ大好きで、どこへでも行きたがるんだよ」

とお父さんが嬉しそうにいう。ペットは家族だ。でも人間ではない。事情が何であれ、彼らの嫌がることをしてはいけない。行動をちゃんと見て、気持ちに寄り添うのは、飼い主として当然の義務だ。

「よし、大丈夫そうですね」

　つづみが一通り、部屋の徘徊《はいかい》を終える。くつろいだ姿で体を舐めはじめたのを見て、部屋を出る。

母屋の玄関を入ると、お父さんの「予言」通り、メグちゃんが賑《にぎ》やかな声で出迎えてくれた。

「まあまあ。暑かったでしょう。どうぞ上がって」

とお母さん。その後ろから、おくるみを抱いた風子があらわれた。

「風子……」

片腕でしっかりと赤ちゃんを抱き、にっこり笑う彼女はもうすっかり母の顔で、私は急にこみ上げるものがあって、目尻に親指をあてた。

「おめでとう」

「ありがとう、ちょうど寝ちゃったところなの」

と腕を少し傾けて、赤ちゃんの顔がこちらを向くようにする。

「かわいい……」

何も何も、小さきものは、みなうつくし。小さいものは全てかわいらしい。清《せい》少《しょう》納《な》言《ごん》が『枕《まくらの》草《そう》子《し》』に書いていたけれど、その通りだと思う。中でも産まれたての赤ちゃんへのいとおしさ、全ての「かわいい」の感情の発端はこれなのではないかと思える。

奥の間は窓が開け放たれ、扇風機がのんびりと回っている。メグちゃんが先を歩いて、案内してくれる。

「夜は私の部屋にベビーベッドを置いて寝かせているんだけど、昼間はここに」

といいながら、私に出してくれたのと同じ柄の座布団《ざぶとん》の上に赤ちゃんを寝かせる。

「ここに収まっちゃうの？」

座布団がベッドになる。その小ささに、またもやたまらなくなる。近づいて、そっと柔らかな髪に触れる。クリームがむっちりと詰まったパンのような、ぷっくりした手を撫でた。ミルクの匂いのする体温が伝わってきた。

「赤ちゃんってすごい。こんなにたくさんの幸せを連れてきてくれるんだね」

風子が静かに呟《つぶや》く。

「そうだね」

私が頷《うなず》くと、赤ちゃんが目をつむったまま、くうーとのびをして、またすやすやと寝入ってしまった。

「たんぽぽはどう？　探しものは見つかった？」

「それねえ。そう簡単にはいかないもんだよね。思ったより難航してる」

「でも、そんなにすぐに見つかったら、そこで目的が終わっちゃうじゃん。ゆっくり時間をかけることで得ることもあるんじゃないの？」

これまでの旅のことを思い出す。

有田《ありた》で売茶翁のことを知ったこと、東京郊外の古民家レストランで阡鐵《せんてつ》のお弟子さんのものと思われる作品に出会ったこと。それだけではない。福岡のギャラリーオーナー夫妻のお互いを思いやる絆《きずな》、新婚夫婦と友人の掛け値なしの尊敬の気持ち、今朝《けさ》タクシー運転手から受けた豊かな時間……。

最初は幻といわれる器を見つけることだけが目的だったけれど、いまではそれはどちらでもいいような気さえする。それよりも旅で出会った人や出来事のほうが大切に感じる。

「ゆっくりでいいんじゃない。いつか大きくなったらこの子も旅に連れていってよ」

それに答えるかのように赤ちゃんが

「うーん」

といった。起こさないように声を潜《ひそ》めて笑った。

夕食は、明日の会場の下見とご挨拶《あいさつ》がてら、イベントを主催しているレストランにひとりで行くことにしていた。ちゃっかり泊めていただいているのだ。風子のご実家に食事のことまで気を使わせては申し訳ないので、それは前もって伝えておいた。

「お父さんよろしくー」

風子がハイヤーを呼ぶように気軽にいうので
「ナビ見たら近そうだし、散歩がてら行ってみるよ」

と慌てていうが
「だめだめ。坂もあるから歩くのは無理」

と一蹴《いっしゅう》されてしまった。

風子の家からレストランまでは、車だとあっという間だ。でも確かに山道をくだり、国道を直進し、と歩いていたら大変だった。甘えられることに感謝する。

「たんぽぽさんはひとりで旅をしながらお茶を出していて、えらいなあ」

運転席のお父さんがそんなことをいってくれる。

「そんなことないです。自分と、あとはつづみの面倒だけ見ればいいので、気楽な身分なんです」

「風子から聞いたんだけど、大切な探しものがあるんだって？」

「ええ。見つかりそうもないですが、でもいつかどこかで出会えるかも、って思うと、続けられるんです」

「探してくれていること、きっと喜んでくれているんじゃない？」

「だといいんですが。たまに自分の独りよがりなのかも、って思ったりもするんですよ」

売茶翁は自分の手で茶道具を焼却した。それと同じで、いろんな想いがあっていったん手放したものを、いちいち掘り返していいものか。本人の意思に反することをしているんじゃないか、と思ったりもする。

「私なんかより、風子のほうがずっと立派で親孝行しています。家庭を持って、あんなにかわいい赤ちゃんを産んで」

「赤ちゃんが産まれてきてくれたときは、私も家内も本当に嬉しくて。何があっても支える……なんて、じじバカだな」

目尻に皺《しわ》が寄る。

「難産だったそうですね。風子、よくがんばりました」

学生時代は甘えん坊で頼りなかった彼女だ。

「お産の最中、このまま赤ちゃんの命が続かなかったらどうしよう、ってずっと思っていたらしいよ。そんなふうに考えるもんなんだな」

自分たちの子どもが産まれたときがどうだったかなんてすっかり忘れちゃったよ、と笑う。

「赤ちゃんは強いですね。そうやってこの世に産まれてきてくれたんですね。母親も必死だけど、赤ちゃんもぜったい産まれるぞ、って一生懸命だったんですね」

「母親と子どもの共同作業だな。そうなると出産後も父親の出る幕なんかないのも仕方ないか」

「月子《つきこ》ちゃんってお名前は、お父さまが考えられたとか」

「無事にお産がすんで、いったん家内と家に戻ろうと産院の外に出たら、月がすごくきれいでね。ちょうど満月だったらしいんだ。それを話したら、隆君が名前に入れようと提案したみたいで」

素敵なエピソードだ。

「月と風。あとは花と鳥だね、ってさっき風子と話していたんですよ」

「花鳥風月か。あと二人も産んでくれるかな。長生きしなきゃな」

三人の子育てにてんてこ舞いの風子。おっとりの彼女がそんなふうになる姿を見てみたい気もする。

「楽しみですね」

車は海辺のレストランの駐車場に停まる。

「おしゃれな店だなあ。近くにこんなところがあったなんて」

お父さんが車の中から暗闇できらびやかな光を放っているレストランを見る。

「コーヒーでも飲んでいかれます？」

「そうしたいところだけど、月ちゃんのお風呂の手伝いに駆り出されているんで戻るよ」

残念そうな表情の端から、幸せな笑《え》みが漏《も》れている。

「帰りはタクシーを使いますから。少し遅くなるかもしれないので、赤ちゃんを起こさないよう、母屋にはご挨拶せずに、そのまま離れのお部屋に戻らせていただきますね」

おやすみなさい、と頭を下げる。

「じゃあまた明日」

「はい。出発は少し早いんですが」

「聞いているよ。『清浄泉《せいじょうせん》』で水を汲《く》んでいくんだろ？　私のドライブコースだよ。まかせてくれ」

と胸にこぶしを置く。

至れり尽くせりだ。これからもずっと風子の心のそばにいてあげよう。それがきっと今回の恩返しになる。たとえ近くにいなくても、いつでも「いる」と思える相手があるということ。それだけで救われたりがんばれたりする。私にとって風子がそうであるように、彼女にとっても私がそうでありたい。そう心に誓った。

＊

翌朝、身支度をすませて母屋に行くと、なんと私の朝食が用意されていた。

「本当は大山の地鶏を食べてもらいたかったんだけど。ほんとにこれだけでいいの？」

お母さんが少し残念そうにいう。テーブルにはヨーグルトにフルーツ、それからコーヒー、いつもの私の定番メニューだ。

「風子ですか？」

「そう。いつもこれって決めているんだってね。でもそういうルーティンってお守りになるものね」

コーヒーが注がれたカップは、下膨れでユニークな形をしている。

「米子で発祥した法勝寺焼《ほっしょうじやき》っていう焼きものなのよ」

私がカップを掲げて、珍しそうに見ていたら、お母さんが教えてくれた。

「このあたりは民藝運動が盛んでね。そのせいか、いろいろな窯元《かまもと》がいまも残っているのよ。鳥取なら他には牛ノ戸《うしのと》。島根だと石見《いわみ》、湯町《ゆまち》、布志名《ふじな》、出西《しゅっさい》……」

「あ、出西窯は私も知っています」

民藝運動というのは、柳宗悦《やなぎむねよし》が提唱した「用の美」という考えに基づいたものだ。無名の人の作った大衆的な日用品にこそ美しさがある、という意味だ。以前、出張日本茶カフェでお世話になった店の主人に薦《すす》められ、東京の駒場《こまば》にある『日本民藝館』を訪れたこともある。

その民藝運動の影響を受けた若者たちが、共同して窯を開いたのが出西窯だ。

「鳥取市内には民藝美術館もあるんだよ。時間があったら見に行ってもらいたいけど……」

というお父さんを

「無理いわないの。たんぽぽさん、これからお仕事なんだから」

と軽くいなしてから、お母さんがヨーグルトを勧めてくれる。緑と黒が半々になった器の模様は、まるで「はちわれ」だ。

「そうそう、これが牛ノ戸焼。それからヨーグルトは大山牛乳を使ったもので、ブルーベリーも近くのベリー農園のものよ」

酸味が少なく濃厚なヨーグルトにブルーベリーがフレッシュにはじける。

「美味《おい》しいです」

いつものコンビニのプレーンヨーグルトと冷凍フルーツとは大違いだ。気持ちがシャキッとする。今日も一日がんばれそうだ。カップに残ったコーヒーをくっと飲み切る。

「これも素敵ですね」

コースター代わりに置かれた和紙を手にする。手透《てす》きだろう。しっかりした厚みがあり、素朴な風合いの中にどこか端正《たんせい》な印象も受ける。

「それも地元のものよ。因州和紙《いんしゅうわし》っていって……」

そういいながら、奥のカップボードから懐紙《かいし》の束を出してきて見せてくれる。

「よかったら使って」

「そんな……」

と遠慮しつつも、透かしの入った美しい懐紙から目が離せない。

「お茶を出すときにちょうどいいんじゃない？」

お父さんもにこにこしている。

「はい、和菓子を載せたいです」

おねだりしたみたいになっちゃいました、と恐縮しつつ、両手でしずしずと受け取った。

車が家を出るときには、車庫まで来た風子が、抱っこした月ちゃんの手をバイバイして見送ってくれた。その月ちゃんのぷにぷにの手を軽く握ってから、風子と肘を突き合わせてタッチした。

「健闘を祈る」

と握りこぶしを作る風子に
「また会おう」

という。一期一会の日々の中で、「また会おう」、そういえる確かな相手がここに
いる。勇気を貰《もら》った。

山道をぐんぐん登ると大山のふもとに出る。大きな山に抱かれているような不思議な安心感がある。ありがたさに車窓から頭を下げた。登り切った先は、下り坂だ。その中ほどに今回の水汲み場があった。このあたりは「美水《びすい》の郷《さと》」と呼ばれ、あちこちに名水があるそうだ。その中でも風子のお父さんおすすめの『清浄泉』に連れてきてもらった。

「若い時分はサイクリング途中の給水によく寄ったもんだよ」

風子のお父さんが懐かしそうにいう。

「この坂道を自転車で登られたんですか？」

車で通ってもかなりの急坂だ。でも、そういえばさっきから、何台かの自転車とすれ違っていた。

「こう見えても、昔はなかなかのスポーツマンだったんだよ。レース用の自転車であちこち走ったもんだよ」

ならばこのあたりは「庭」のようなものだろう。慣れた手つきで、家から持ってきてくれた空のペットボトルに湧《わ》き水を注いでくれる。山の空気をたっぷり浴びた水が、朝霧の中できらめいた。家族の愛情を一身に受けてこの世に誕生した月子ちゃんの命のような尊さを感じた。

「はい」

水で満たされたペットボトルが手渡される。

「これで美味しいお茶がいれられます。ありがとうございます」

海沿いのレストランに到着する。ここの駐車場が今日のイベント会場だ。テントやブースのセッティングが、もうすっかり整っている。

「じゃあ、がんばってね」

お父さんが笑顔で送り出してくれる。

「何からなにまで本当にお世話になりました」

赤いトランクとつづみを入れたキャリーバッグを手に挨拶する。

「また来てよ。盆と正月はだいたい風子もこっちに来ているから。あいつ、人当たりがいいように見えるけど、本心で話せる友達っていなくって。たんぽぽさんが来てくれるのをそれはそれは心待ちにしていたんだよ」

娘を想う父親の顔だ。

「私もです。親友って胸を張っていえるのは風子くらいです。月ちゃんにも会いたいし、また絶対来ます」

「そのときは島根のほうにも案内するよ。旨《うま》い魚料理を食わす店があるんだよ」

「わあ、待ち遠しいです。励みに精進します」

直立の姿勢で敬礼のポーズをとる私に

「幻の器、見つかるといいな」

やさしい声が届いた。車が見えなくなるまで、いや、見えなくなってからもしばらくの間見送っていたけれど、キャリーバッグの中のつづみがごろりと体勢を変えた振動で我に返る。

「そうだね、仕事、仕事」

エントリーの受付ブースに向かった。

「『迷い猫』ですが。お茶と占いの」

「あ、たんぽぽさんですね。はじめまして、事務局の岡部《おかべ》です」

これまで参加受付などの手続きで何度か連絡をくれた方だ。二十代後半くらいの、はきはきとした快活な女性だ。

「はじめまして。今日はお世話になります」

「東京からですよね。ようこそ鳥取へ」

バスガイド風におどける。お茶目な姿につい笑顔になる。

「見晴らしがいいですね」

駐車場の向こうは青い海が広がっている。太平洋を見て育った身からすると、山陰の日本海というと、険《けわ》しいイメージがあったけれど、いやいやどうして、潔《いさぎよ》さを感じるほどの美しさに圧倒される。

「地元のものづくりをサポートしたくて企画したイベントなので、出展者は地元の人を想定していたんですが……」

「そうだったんですか」

日程と場所がぴったりだったので、募集要項もしっかり読まずに応募してしまっていた。

「でもたんぽぽさんは山陰のお茶を使われるって応募の際に書かれていらしたので、ぜひ、と思ったんですよ」

「よかった。ちゃんと山陰のお茶をアピールできるよう、がんばります」

気合いが入る。鼻息を荒くしていると
「うまいこと休憩入れながら、他のブースも覗いていってくださいね」

と出展者の一覧と会場内のブースの配置図が記されたプリントを手渡された。

「氷はレストランに声をかけていただければ、すぐにご用意できます。それからご質問にあったガラス作家さんのブースはここです。もういらしていますよ」

出展者の中に地元の器を作っている人はいないかと、前もって尋ねておいたのだ。今日、使う器は（グラスの予定だ）そこで調達しようと目論《もくろ》んでいた。

「ありがとうございます」

早速、プリントを手に歩く。広い駐車場とはいえ、ぐるりと見渡せる大きさだ。それでも三十ほどの出展者が一堂にブースを出すとなると、なかなかの規模になる。

ガラス作家の清家《せいけ》ナオキさんは、ちょうど海を背にした奥側のスペースに店を出していた。テント内の机に作品を並べているところだった。

目に留まったのは緑と黒が交差した柄の作品群。今朝、ヨーグルトが盛られていたあの器、牛ノ戸焼と同じデザインだ。その伝統的な柄をガラス工芸に取り入れ、現代風にアレンジしているようだ。色ガラスが柔らかく混ざり合い、つるりとした質感も相まって、なんだか小さな動物のようにも見える。夏のお抹茶用のガラスの平茶碗もある。

「今日、占い日本茶カフェを出展させていただく『迷い猫』の如月《きさらぎ》たんぽぽと申します」

茶道具を持参して各地を移動しながらカフェを開いている自分の活動について話

す。

「売茶翁、ですね」

清家さんが納得したように頷く。

「ご存知でしたか！」

「お茶の道具を作っているのですから、それはもちろんです。それに売茶翁は米子ともゆかりがあるんですよ」

お茶が導いてくれる必然の出会いにまたもや驚かされた。

聞けば、売茶翁の曾祖父《そうそふ》、つまりひいじじである柴山次政は、いまの米子、伯耆の国で生涯を終えたという。

ひいじじ……。

思い切って阡鐵の器のことを尋ねてみる。

「それだったら、三好《みよし》さんに聞いてみるといいですよ。確か向こうの……」

会場の入り口から一番離れた場所で、テントを組み立てている男性のもとに案内してくれた。

「民藝美術館の近くで店を構えている『三好骨董店《こっとうてん》』のご主人」

骨董店の店主、というには似つかわしくないような若い青年だ。学生時代に鳥取に来て、工芸に目覚めたそうだ。鳥取民藝美術館や民藝を扱っている店、窯元にも通い詰め、独学で知識を蓄えたという。

「難しい顔して店に座っているだけの骨董屋じゃなく、誰にでもわかりやすく、気軽に手に入れられるものを、って思っているんです」

なるほどブース内に並んでいる商品も、古くて価値のありそうなものにも、手頃な値が付いている。

「自分がいいな、と思ったものが一番価値があるんです。蘊蓄《うんちく》や値段じゃないです」

嬉しいことをいってくれる。

「たんぽぽさん、探しものがあるそうで。手伝ってあげてもらえますか？」

清家さんがこれまでのことをかいつまんで三好さんに話してくれる。静かに聞いていた三好さんが私に顔を向ける。

「すぐには無理かもしれません。でも必ず出会えると思います」

そういい切ってくれた。プロの骨董商でも、ほとんどは口利きで入手しているという。こうして各地を回って尋ねていくことは、遠回りのようでいて、確実にそのものに近づく方法だという。

「僕も実物を見たことはありませんが、流通しているっていうのは確かです。地道に探し続けてください。僕も気にかけておきますから」

力強い言葉が心に沁《し》みる。途方もない旅のように思えたけれど、やってきたことは間違っていなかったようだ。

「あれ？　猫ちゃんですか？」

三好さんが私の肩から提げたキャリーバッグに目をやる。

「ええ。こうして一緒に連れて旅に出ているんです。いまや頼もしい相棒なんですよ」

「この猫ちゃん、なかなかの目利きじゃないですか？」

妙なことをいう。

確かにつづみといると、不思議と縁のあるところに行ける気がする。今日もはからずしてこうして売茶翁のゆかりの地を訪れ、三好さんにも出会えた。私がそんなことを考えていると
「三好さんはお目が高いから」

と清家さんが笑った。

*

会場は、地元の家族連れや旅行者などでなかなかの盛況ぶりだ。このイベントの

ためにわざわざ遠方から足を運んでくれる人もいる。私のブースでも、時間帯によっては待ち、が出るほどだ。

「夢占いもできますか？」

大袈裟《おおげさ》ではなく、顔が握りこぶしくらいに小さいスレンダーな女性がブースにあらわれたのは、そんな賑わいが一段落した頃だった。

「タロットカードなので、明確な答えは出ないかもしれませんが、それでもよろしければ」

と答える。占い、とひとことでいっても、星占いから姓名判断、こうした夢占いまでさまざまだ。靴占い、えんぴつ占い、それこそ茶柱占いや猫占いなんていうのもある。それぞれ専門にしている占い師もいるし、得意分野の二、三を組み合わせて占う人もいる。

私は、といえば、占い師というよりも人生相談の延長だ。タロットカードを使ってはいるけれど、それはあくまできっかけだ。助言くらいにしかならない。それでも少しでも背中を押せるのなら、それもいいじゃないかと思える。無責任なことをいうようだが、結局、最終的に決めるのは自分自身だ。必要とされているのは本当の心を見直すきっかけ。その「何か」なのだとこの頃思う。

「ぜひお願いします。お茶もいただけますか」

ホッとしたようにいって、彼女が長机の前に置かれたアルミ製の椅子に腰掛けた。

「まずはお茶のご用意をしますね」

彼女の前に清家さんのガラスの茶碗を置き、昨日、米子駅で買ってきた茶缶のフタを開ける。

「お抹茶ですか？」

「はい。お隣の島根のお抹茶です。先にお菓子をどうぞ」

煎茶《せんちゃ》の場合は、お茶を飲んでからお菓子を食べたほうが繊細な旨みを感じられる。それに対して、抹茶は先にお菓子を食べる。お菓子で甘くなった口の中を強い味わいのお茶で、まろやかに融合させる。作法には詳しくないが、そんな原理はよくわかる。

今朝風子のお母さんにいただいた因州和紙の懐紙に、落雁の『山川』を手で一口大にちぎって置いた。落雁というと硬いものを想像するかもしれないが、この紅白の松江の銘菓は、しっとりと柔らかな食感が特徴だ。それを上品に口に運んでいた彼女が、お茶の準備をはじめた私を見て手を止めた。

「え？」

小顔の中のかなりの分量を占めるくりっとした目が、大きく見開かれる。こぼれ落ちそうだ。驚くのももっとも。私が手にしているのは、お抹茶を点《た》てるための竹の茶筅《ちゃせん》ではなく、ステンレスのシェーカーだったからだ。

「うふふ。バーテンダーです」

とシェーカーを斜めに構え、ソレっぽい仕草をしてみせる。彼女が慌てたように振り向いて、ブースの看板を見る。

「お酒……じゃないですよね」

車で来ているのかもしれない。心配するのも無理はない。

「はい。これでお抹茶を点てるんです」

まだ不思議そうな表情を浮かべている彼女に説明しながら、手順を踏む。

まずはシェーカーのフタを開け、そこにミニスプーンで抹茶をふたすくい入れる。

「漉《こ》さなくていいんですか？」

お抹茶の心得があるのだろう。不安そうに私の手元を見る。普通、抹茶を点てるときには、ダマにならないように、最初に茶こしで漉しておくものだ。でも今日は缶からそのままの状態で使う。

「一緒に振ってしまうので、そのままで大丈夫なんです」

そこにコップ一杯の水、さっき汲んできた『清浄泉の水』を注ぐ。それから足元に置いたクーラーボックスからロック氷をひとつ取り出す。レストランで用意してもらったものだ。それをシェーカーの中にコロンと入れたら、フタをしっかり閉める。おもむろにシェーカーを持ち上げる。ここでバーテンダーのように格好よく上下にシェイク……といきたいところだが、私がやると、どうも調子のくるった盆踊りのようになってしまう。仕方なく、ドレッシングの瓶を混ぜるときのように、胸の前で斜めに振る。シェーカーの中でカラコロと楽しげに氷が鳴る。

「わあー」

いぶかしげだった彼女の顔に笑みが広がる。

「やってみます?」

氷が溶けてくると、シェーカーが霜を帯びてひんやりしてくる。シェーカーをすっぽり手ぬぐいで覆ってから、彼女に手渡す。

「こんな感じですか?」

おどけながら、バーテンダー風に斜めに構える。なかなか様になっている。

「いいですねー。よく似合います」

と思わず拍手。氷の音が小さくなってきた。彼女から受け取ったシェーカーのフタを開け、茶碗に注ぐ。眩《まぶ》しいくらい鮮やかなグリーンの上に、白い泡が雲のように流れた。

「きれい」

と呟いてから、彼女がガラスの器を手に取る。軽く押しいただき、静かに口をつける。開かれた目は、さっきと同じようにこぼれ落ちそうだったけれど、今度は口元に笑みが加わっていた。

「お抹茶を氷水で点てるのって、すごく難しいのに全然ダマにもなっていない。お味もとてもまろやかです」

そうなのだ。あたたかいお湯だからこそ、抹茶が湯に溶け、撹拌《かくはん》することで泡も立つ。冷抹茶を作るには、最初にお湯で溶いてから、水を加える方法もあるが、それでは風味が落ちてしまう。デパートの食器売り場でシェーカーを見つけたとき
「これだ」

とひらめいた。もちろん作法的には邪道だ。でも、美味しいお茶を飲んでほしい……その心は一緒じゃないかと思う。

暑い日には冷たいお茶を飲んでほしい。お待たせすることなく、その都度お出しできるものを。お料理はできたてが一番美味しい。湯気のたったものをすぐに食べてほしい。その人のために、たったいま作ったものは格別だ。あたたかいものはあたたかいまま。冷たいものは冷たいまま。それが幸せに繋《つな》がる、と思う。

「夏も終わりですので、名残《なご》りの冷抹茶です」

「ほんと、お盆を過ぎると気温は高くても、なんとなく秋の気配がしますよね。だからお菓子は『山川』だったんですね」

と彼女が納得したように頷いた。『山川』は紅葉と川をイメージしたお菓子だ。先取りで秋の気配のするお菓子を選んでよかった。

「では、占いに移りましょうか」

茶碗をテーブルに戻したのを見て、声をかける。私が赤とオレンジの花柄の布を広げると彼女が姿勢を正した。

「私、地元の小劇団で役者をやっているんです」

カードをシャッフルしながら声に耳を傾ける。俳優さんだ。さすがに美人さんなわけだ。

「同じ劇団の中に、お付き合いしている人がいるんです。たまに彼が夢に出てくるんですよ」

「いいじゃないですか」

「ところがそうばっかりでもなく……」

困ったように笑って続ける。

「夢の中の彼はすごく意地悪なんです。私に対して冷たかったり、他に女の人がいたり」

「現実の彼とは違って？」

　ということだろう。

「ええ。普段の彼はものすごくやさしくて、私のことを大切にしてくれているんです」

　のろけ話を聞かされているようで、くすぐったくなる。夢なんか信じずに現実が幸せならいいじゃないか、そう思う。しかし心は不安に揺れるようだ。

「夢と現実とのギャップに悩まれているんですね」

　彼女が小さく頷く。

「これは私の不安からきているものなんでしょうか。それとも何かの暗示なのか。それを占っていただきたいんです」

　幸せすぎて怖い、ということもある。願望が大きいほど不安も増える。恋の悩みは尽きることがない。私はシャッフルしたカードをひとつにまとめ、上から五枚のカードを三日月形に並べた。月の形を模したムーンフェイススプレッドの三日月形、クレセントムーンという占い方だ。

　カードを開くと、三日月の真ん中にあたる部分、本音を示すカードは中庸《ちゅうよう》を意味する〈節制〉だ。

「大丈夫。きっと彼が現実にあなたに見せている姿がありのままですよ。平凡ではあるけれど、穏やかで安定したやさしさ、そのままです」

そう伝えても、彼女の顔には靄《もや》がかかったままだ。

「夢に出てくる彼は、もしかしたら以前に出会った人やトラウマのあらわれかもしれません」

三日月の下の端に置かれた過去を示すカード〈塔〉を示しながらいう。二十二枚のカードの中でもネガティブなイメージの強いカードだ。

「そうかもしれません。これまで幸せな恋をしてこなかったんです。だからこの恋もいつかダメになっちゃうんじゃないかって自信がないのです。それに彼、役者なので、普段のやさしさも演技なんじゃないかって思うこともあるんです。恋愛って難しい……」

整った横顔がかすかに歪《ゆが》む。

「どうしても難しいと感じたら、大胆に発想を転換しちゃうのも手ですよ。ほらこのお抹茶みたいに」

そういって、シェーカーを掲げる。

「本当ですね。お抹茶は冷たい水で点てるとダマになるからって敬遠していました。なんとか泡を作ろうと必死に茶筅を振って。そういえばお茶の味のことまで気にしていませんでした」

いれ方に驚いたけれど、とても美味しかった、と頰《ほお》を緩める。

「真面目になりすぎて、そればっかり考えちゃうのもよくないですよ。無闇に点てたお茶は、きっと味わいも固くなっちゃいますから。それにあんまり時間をかけちゃうと美味しさも逃げちゃいますよ」

熱いものは熱いうちに。冷たいものは冷たいうちに、だ。

「何事も肩の力を抜いて、ですね」

「では最後にこれを」

と、「迷い猫カード」を差し出す。

ま　待ちわびる
よ　夜が来るのを
い　いい夢と
ね　願って眠る
こ　今宵《こよい》かな

「今晩の夢が楽しみです」

と彼女。

「いい夢が見られますように」

と送り出す。凜《りん》とした後ろ姿は、恋をしている女性だけが持つ淡い膜《まく》のようなものに包まれている。ちょうどグリーンのお茶の上にかかった白い泡のようだ。これがオーラというものだろうか。不安と幸福感が入り混じったような溢《あふ》れ出る空気がそこに残った。

＊

帰りは米子空港から空路で東京に戻る。水木《みずき》しげるさんの故郷にちなみ、通称『鬼太郎《きたろう》空港』というだけあって、空港内では妖怪たちがあちこちに飛び回っていた。自分へのお土産に、目玉おやじのキャラクターがそのままスティックキャンディーになった『目玉キャンディー』を買って飛行機に乗り込んだ。

その機内、私は夢を見た。

いつの間にか、うつらうつらしてしまっていたようだ。つづみが二本足で立って、私においでおいでをしている。付いて行くと、猫だけが通れるくらいの小穴が壁に開いている。つづみがするりとそこを通り抜け、続いて私も通れるはずのないそこを通り抜けていくと、瀟洒《しょうしゃ》な寺の庭に辿《たど》り着いた。そんな季節ではないのに、庭の桜が満開だ。つづみがその桜の木の下をさす。どうやらそこを掘れ、といっているようだ。気付くと私の手にはスコップが握られている。ひと掘りすると、カチャリと何かの音がした。用心深くもうひとすくいしたら、キラキラと輝く一塊《ひとかたまり》のものが出てきた。

「会えた」

そう思った瞬間、飛行機が着陸した震動で目が覚めた。「カチャリ」の音の正体は、隣の人がシートベルトを締めた音だったらしい。つづみはペット用の専用ゲージに入れて預けてある。勝手に夢に登場させられて、いまごろ機内のどこかで、くしゃみをしていることだろう。

さてこの夢占いは何を暗示しているのか……。私も自分のためにタロットカードをめくりたくなった。

到着ロビーまでの連絡バスに乗り換えるために飛行機から降り立った。そこにはかすかに昼間の余韻《よいん》を残す濃いブルーの空が広がっていた。

※寝台車の運行状況等は、執筆時のものです。

第5話

紅茶も緑茶も同じ茶の木から作られているんです

【茶】大和茶（かりがね茶、番茶、和紅茶、かぶせ茶）　九乃園提供
【水】二ッ井の水（樫の井の水、柏の井の水）／水呑み地蔵　湧き水
【菓】奈良饅頭　九乃園二代目店主提供
【器】赤膚焼　奈良絵抹茶碗／京焼　湯のみ　九乃園提供

門前の小僧、とくれば、習わぬ経を読む、となる。寺の前で遊んでいる子どもは、知らずしらずのうちにお経が読めるようになる、つまり環境が知識を養うことを意味している。

しかし今回の出張先の「門前の茶屋」はその文字通り、寺の門前にあるお茶屋さんだ。いまでいうカフェのような休憩所や甘味処を意味する「茶屋」でもない。花街《かがい》で芸妓《げいぎ》さんを呼んで食事をする「お茶屋」でもない。正真正銘《しょうしんしょうめい》、茶葉を販売するお茶の店だ。

私は五年前まで東京都内の古い民家で小さな日本茶カフェを開いていた。建物の老朽化で立ち退《の》くことになり、移転先を探していたけれど、なかなかいい物件に巡りあわない。

ものは試し、と店のSNSに「出張カフェ承ります」と書いたところ反響があった。それからだ。こうして呼ばれれば全国どこへでも茶道具を抱えて出向くというスタイルになった。

持っていく道具はその時々のお茶の種類によって変わる。それらを愛用の「お道具箱」と呼んでいるフタ付きの木箱に詰め、東京近郊のときは竹製の市場カゴに、遠方への移動の場合は飛行機内へも持ち込み可能な三十リットルサイズの赤いトランクで運ぶ。それから大切な同伴者、はちわれ柄のオス猫のつづみを焦げ茶色のキヤリーバッグに入れて連れていく。こいつが案外、困ったときの指南もしてくれる頼もしい相棒なのである。

依頼はたいていSNSのダイレクトメッセージ機能を使って届く。

「大和茶《やまとちゃ》の普及にお力添えいただきたい」

京都府木津川《きづがわ》市にある浄瑠璃寺《じょうるりじ》の「門前」にある「お茶屋」の店主、沢渡《さわたり》さんから私のSNSに届いたのはそんな文面だった。

調べてみると、浄瑠璃寺は住所こそ京都府だが、奈良の文化圏に加えられる。大和路と呼ばれる地区だ。アクセスも奈良駅からのバスが推奨されている。

大和茶は奈良界隈《かいわい》で栽培されるお茶の名称だ。宇治茶《うじちゃ》の産地もほど近いが、弘法大師《こうぼうだいし》がこの地にお茶の種を植えたのがはじまりといわれる大和茶には、なんと千二百年以上もの歴史があるという。

沢渡さんの運営する『九乃園《くのえん》』は、自社の茶園を所有しているのではなく、いくつかの契約している茶園やメーカーから仕入れたものを販売している。祖父の代から続く店の三代目の店主が、今回連絡をくれた沢渡啓介《けいすけ》さんだ。

観光地で店を開いているが、今回は一般客相手というよりも、取引先や販売店、生産者に向けて大和茶の可能性をアピールして、盛り立てるきっかけにしたい、という。大和茶のブランド力をあげ、宇治茶に負けない魅力を引き出すのは、自分たち若い世代の使命だ、と意気込んでいたところ、各地を回ってその土地のお茶を提供している私の活動を知って、声をかけてくれた。

なかなかに責任重大だ。大和茶の未来が託《たく》されている。

「お役に立てるよう、尽力致します」

かしこまって返信すると

「お寺の花も見頃です。ぜひ楽しんでいってください」

とすぐに返事が届いた。

そうだった。もちろん仕事ではあるけれど、旅先での思わぬ出会いや出来事、それが糧《かて》となり力となる。自分自身が楽しむことを忘れてはいけない。

「はい」

にっこりと笑った絵文字とともに返信した。

「いよいよ京の都かあ」

一昨年の夏の終わり、福岡に出張した際、帰りに佐賀の有田《ありた》に立ち寄った。そこで骨董屋《こっとうや》の店主、酒井《さかい》さんに畏《おそ》れ多くも「現代の売茶翁《ばいさおう》」の称号を与えてもらった。佐賀出身で煎茶《せんちゃ》の祖ともいわれる売茶翁のことを知ることになったきっかけだ。それからの旅は売茶翁に導かれているかのごとく、彼の足跡に重なることも多々あった。

　売茶翁は、京都の風光明媚《ふうこうめいび》な場所で茶屋（ここではカフェ的な意味の）を開いて市井《しせい》の人々にお茶を振る舞った。残された手紙や書によると、主に東山《ひがしやま》付近が多かったようだ。

　もともと黄檗宗《おうばくしゅう》の僧だった彼にとって、京都の宇治にある萬福寺《まんぷくじ》は「大本山」だ。師匠の化霖道龍《けりんどうりゅう》に付き添っていき、しばらく修行のために滞在したともいわれている。境内《けいだい》には煎茶席に隣接して売茶翁を祀《まつ》る売茶堂もあるそうで、煎茶道関係者の参拝も多いという。私も京都に出張になった折にはぜひ訪れてみたいと思っていた。そして、いつか売茶翁が茶屋を開いたという場所を巡る旅もしてみたいと考えてもいた。

　ところがいざ、となると何かが違う。まだ機が熟していないように感じた。志なかばで行ってしまってはいけないのではないか、というような躊躇《ちゅうちょ》があった。

「どうしようか……」

　つづみに声をかける。私の声が聞こえなかったかのように、つづみはそっぽを向いたままだ。これは行くな、ということか。

「そっか」

　いつかまた訪れる機会があるだろう。それまでお預けにしよう。心が決まった。

実はこの出張、旅費は出してもらえるが、宿泊代は含まれていない。別途謝礼はいただけるが、一泊するとなると赤字だ。乗り換え案内のアプリで調べると、寄り道をしなければ、なんとか日帰り可能だ。デモンストレーションなので、先方も売り上げが立たない。潤沢《じゅんたく》な経費が出ないことに文句はいえない。その代わりに、事前の準備をお願いすると

「茶碗と湧《わ》き水ですね。おまかせください」

と頼もしいお返事をいただいた。

茶葉はもちろん、急須《きゅうす》やポット類の道具も『九乃園』で用意してもらえる。茶道具は、商品として販売している。店頭にあるものは積極的に使わせてもらうことにした。いつも満杯になるお道具箱がすかすかだ。

「今回は身軽で行きますか」

クローゼットからキャンバス地のトートバッグを取り出す、あれこれ便利な手ぬぐい十枚とタロットカードを入れたブルーの水玉模様のポーチに赤とオレンジの花柄の布、看板代わりのB5サイズの黒板を入れて準備完了。つづみの恨《うら》めしげな表情に

「わかってるって」

小分けにしたカリカリと念のためパウチ状になったウエットフード一袋も一緒

に、外ポケットに差し込んだ。

「大和路のお寺の前にあるお茶屋さんかあ」

少し考えてから、脚立《きゃたつ》をクローゼットの前に置き、上の段からプラスチックのクリアケースを抱えて床に下ろす。数枚の着物と帯、着付け用具を収納している引き出し型のケースだ。着物なのに桐《きり》ダンスじゃなく？　いやいや、正絹《しょうけん》の晴れ着ではない。木綿《もめん》の着物に半幅帯。着物といっても浴衣《ゆかた》の延長みたいなものだ。手入れも扱いもさほど気を使う必要はない。

「うん。これなら一日がんばれそう」

カジュアルな着物は、すとんとしたワンピースと同じようなものだ。くるぶしまですっぽり隠してくれる分、多少お行儀が悪くってもバレない、なんてところもあったりする。タイトなスーツを着ているよりもよっぽどラクチンだ。

「たまには着てあげないと、着方を忘れちゃう……」

とはいえそこはそれこそ門前の小僧。実は、和裁士の母に育てられたせいで、木綿や紬《つむぎ》の着物くらいなら自分でちゃっちゃと着られる。

ただし着物を着る前の一仕事に、半襟《はんえり》付けがある。これが結構、面倒くさい。さらしの肌襦袢《はだじゅばん》の上に長襦袢を重ね、その上から着物をはおる。半襟は長襦袢の襟元に縫い付け、着用後は、その都度半襟だけ取り外して洗濯をする。

でもこうした普段着感覚の着物では、気軽に、肌襦袢と長襦袢を兼ねた木綿の「半襦袢」を下着代わりにすることがある。一枚省《はぶ》ける分、身軽になるし、半襦袢に半襟を付けたまま洗濯機で洗う、などという荒技も許される……と信じている。

いつ着て以来か、洗濯済みの半襟付き半襦袢にしめしめ、という気分になる。前夜の一仕事から免《まぬが》れた。足袋《たび》と草履《ぞうり》を揃《そろ》えて

「できた！」

と両手を上げてバンザイのポーズを取った。

明日は長い一日になる。湯船にしっかりつかって、体をリラックスさせてから、ベッドに潜《もぐ》り込む。

つづみが布団《ふとん》の上にポンと飛び乗って、足元で丸くなった。

＊

四時起床。眠い！　翌朝早いんだから寝なきゃ、と思えば思うほど寝付けなかった。でもこういうときでも、全く寝ていないわけでもないらしい。知らないうちにうつらうつらしている時間がある。その証拠に、起き上がったら頭がすっきりしていた。

手早く身支度。木綿の着付けなら十分もあれば余裕だ。新幹線やバスの背もたれに体を預けても疲れず、崩れないお太鼓《たいこ》風の結び方で半幅帯を締める。淡いピンクとグレーの格子柄の着物に、ブルーグリーンの地に茶で花柄が描かれた型染めの帯を合わせた。春らしいコーディネートにテンションがあがる。昨夜用意した白のキャンバス地のトートバッグは着物姿でも違和感がない。カジュアルダウンしてくれる分、軽やかにもなる。

「お出かけだよ」

朝のパウチをペロリとたいらげて、前足で口元を拭《ぬぐ》っているつづみに声をかけて、キャリーバッグを差し向けると

「よいしょ」

といわんばかりに、前足を高くあげてバッグの中を覗《のぞ》き込む。そのままぴょんと後ろ足ごと全身を入れて、くっと頭を沈める。

「はい、おりこうさん」

パタリと上フタをおろした。

駅前のコンビニで、朝食用のカットフルーツとヨーグルトを買う。パン売り場の横に並んだスパイスコーナーからシナモンパウダーの小瓶を一本、それからレトル

トパックのごはんを買う。

　東京駅から京都駅までは「のぞみ号」で約二時間。朝食のヨーグルトを食べ終えたあたりで、さすがに睡魔が襲ってきた。気付いたときにはもう到着駅も近い。慌てて荷物をまとめる。

　京都駅から近鉄に乗り換え、近鉄奈良駅まで行く。そこからバスに乗ること約三十分。ぐんぐん山あいに入っていく。大丈夫かな、と少しばかり心配になったあたりで目的地の浄瑠璃寺バス停に着いた。

「ふあー」

　バスを降りて全身で伸びをする。キャリーバッグを覗くと、つづみも鼻をひくひくさせている。観光地と聞いて、賑《にぎ》やかな開けた場所を想像していたので、ひっそりとした山奥の景観に驚く。でもその分、自然を独り占めしている気分になれる。少しひんやりとした空気を浴びて、体の中がマイナスイオンで満たされていく。

　停留所の正面が浄瑠璃寺だ。

「ご挨拶していこう」

　門をくぐると白い小花が房になってたわわに実るように咲いている。左手に三重塔、右手に本堂。庭の真ん中に配置された池に本堂が映る。こぢんまりした境内は、清く整えられていて、和《なご》みにも近い心地よさを感じる。参拝客もちらほら、といったところ。山あいのお寺だ。観光シーズンでもこのくらいなのかもしれない。ゆっくり拝観もしたかったが、今日はなかなかに分刻みのスケジュールだ。お参りだけさせてもらう。手水《ちょうず》で清めた指先がしゃきっとして気持ちいい。

「今日も美味《おい》しいお茶がいれられますように」

トートバッグを地面に置いて、つづみを入れたキャリーバッグは左肩にかけたまま手を合わせた。

門を出ると広い駐車場。そのすぐ脇に『九乃園』があった。車で来た参拝者やバスを待つ観光客が覗きやすい場所だ。土産物を探しに立ち寄る客もいるだろう。

「おはようございます。今日お世話になる『出張占い日本茶カフェ　迷い猫』です」

引き戸をガラガラいわせて入ると、中から腰に藍色のエプロンを巻いたワイシャツ姿の男性がにこやかに出迎えてくれた。

「たんぽぽさんですね。ようこそお越しくださいました。と、つづみくんですね」

左脇のバッグに目を向ける。

「よろしくお願いします」

焦げ茶色のキャリーバッグを正面に回し、両手で抱えなおし、バッグごとお辞儀をした。

すぐに店の奥に案内される。

「いま、お寺にお参りしてきました。長閑《のどか》でいいところですね」

「静かなだけが取り柄《とりえ》の場所ですが、子どもの頃から『九体《くたい》さん』っていって守ってもらっていて」

本堂に九体の阿弥陀如来《あみだにょらい》を安置しているため、親しみを持ってそう呼ぶそうだ。

「あ、お店の名前……」

「そうなんです。初代があやかって一文字いただいて、『九乃園』って命名したんです」

店内をぐるりと見せてもらう。

「大和茶の専門店って珍しいんじゃないですか?」

扱っている茶葉は大和茶のみだ。

「先代までは、宇治茶や他の産地の茶葉や土産物なんかも置いていたんですが、もっと明確な方向性を持たせたほうがいいと思って、僕が継いでからブランディングに力を入れていったんです」

三年ほどかけて、いまの大和茶のみのラインナップに変えていったそうだ。インターネット販売やＳＮＳでの発信にも積極的に取り組んだおかげで、実店舗よりも通販での売り上げのほうがいいときもあるらしい。

「大改革が成功したんですね」

「成功っていえるほどでもないですが」

と謙遜《けんそん》する。

「本当はここで、この空気を味わいながら茶葉を見て選んでほしい、とは思うんですよ」

先進的な考えの底には、もっとローカルで温《ぬく》もりを大切にしたいという想いがあるようだ。

「今回、たんぽぽさんに実演していただきたいって思ったのも、そんな想いからなんです」

コンセプトや見た目の格好よさだけでは表現できないもの、地に足の着いた商《あきな》い。お茶は誰の暮らしの中にも当たり前のように存在しているものだ。それだけに見過ごされることも多い。

でもお茶はいれ方ひとつで味が大きく変わったり、産地や製法の違いで楽しみ方も違う。味わいだけでなく、心をほぐす力もある。あって当たり前のものだからこそ、主役になることはなく、控えめに、でも確実に誰にでも寄り添うものになる。

「お茶の力を信じましょう」

沢渡さんに声をかける。

もうすぐ開始時間だ。急ぎ準備に入った。

「茶葉や道具は店内のものから選んで使っていただいていいですし、必要なものは何でもおっしゃってください」

お茶屋さんの商品を好きに使っていいのだ。なんという贅沢《ぜいたく》。心が躍《おど》る。茶葉を四種類ほど見繕《みつくろ》う。

「牛乳はありますか？」

「確か、表の自動販売機にあったと思います。見てきます」

飛び出していったかと思ったら、ストローの付いたグリーンの紙パックを五個ほど抱えて戻ってきた。

「豆乳しかなかったんですが」

むしろ大歓迎だ。

「ちなみに何かドライフルーツなんて……」

「ありますよ。柿でよかったら」

干し柿がレジ横から出てくる。欲しいものが何でも出てくるなんて、沢渡さんが猫型ロボットに見えてくる。驚いていると

「実は小腹が空いたとき用に、いつも吊《つ》り店で買ってきているんです」

と「猫型沢渡さん」が笑った。

吊り店とは無人販売の露店《ろてん》のこと。商品の代金を料金箱に入れる方法で、田舎《いなか》の道などで見かける風景だが、このあたりが発祥だという。

「かき餅《もち》や漬《つ》け物《もの》なんかも、吊り店で売っているんですよ。しかし、豆乳に果物って、何ができるんだろう」

無邪気に目を輝かせた。

「それからこれが汲《く》み水です」

店の暖簾《のれん》の先、事務所の中にある簡易キッチンに満水になった二リットルのペットボトル二本と五百ミリリットルのボトル一本が置かれている。

「ありがとうございます。水汲み場、近くにありました？」

毎回難儀するのが、地元の水の用意だ。急ぎのときは手近なペットボトルで間に合わせることもあるが、なるべくならその土地の汲みたての水を使いたい。

「こっちは『樫《かし》の井《い》の水』。春日《かすが》神社の裏手にあるので、車ですぐです」

と二リットルのペットボトルのひとつを指さす。

「それでこっちが、その近くにある『柏《かしわ》の井《い》の水』」

もうひとつの二リットルボトルだ。

「この二つを合わせて『二《ふた》ツ井《つい》の水』っていうんですよ」

「水が豊かな土地なんですね」

「浄瑠璃寺の手水《ちょうず》も飲めるんですよ」

さきほどの清らかな感触が手に残っている。

「これは？」

半分ほど水が入った五百ミリのペットボトルを手にする。

「このあたりは当尾《とうの》の石仏の里っていわれていて石仏がいくつもあるんですが、その中のひとつに『水呑《みずの》み地蔵』があるんです」

「お地蔵さんですか？」

「伊賀《いが》に続く道にあるので、旅人がその水を飲んだともいわれていて、いまでも湧き水が出ているんです。それを少しだけいただいてきたのがこれです」

「旅人のためにも、たくさん汲んじゃいけませんもんね。貴重なので、大切に使わせていただきます」

そういうと、沢渡さんがにこやかに頷いた。

簡易キッチンのコンロに焙烙《ほうろく》をのせる。さすがお茶屋さん、茶器の種類も豊富だ。店頭には大小さまざまな焙烙が並んでいたが、その中から手頃な大きさの赤茶色のものを使わせてもらうことにした。

火にかけた焙烙があたたまってきたところで番茶を投入する。しばらくそのまま中火にかけていると、やがて番茶から香ばしい匂いが立ちのぼってきた。

その煙を見ながら、仙台のシェアホテルでほうじ茶を作った日のことを思い出す。客の男性が、焙烙の中で動く茶葉を見て

「プールで泳いでる」

といった。仕事で行き詰まっているといっていた彼は、その後、どうしているだろうか。きっと自分なりのやり方を見つけ、元気に働いていることだろう。

今日選んだお茶は、店頭で「お買い得」と書かれた大袋入りの番茶。つまり普段づかいのお茶だ。すでに軽く焙煎《ばいせん》をして仕上げているようで、うす茶色の大きな葉は焙烙の中でガサゴソと音を立てている。「プールで泳ぐ」というよりは、大海原《おおうなばら》で遠泳しているようなダイナミックさだ。

しっかりと色付いたところで火を止め、片手鍋の準備をする。鍋で湯を沸かし、そこに焙煎した番茶を入れてしっかり煮出す。いったん笊《ざる》で漉《こ》し、今度は電子レンジであたためたレトルトのごはんと一緒に弱火にかける。しばらくするとごはんが褐色《かっしょく》に染まっていく。仕上げに軽く塩を振った。

「いい香り。茶粥《ちゃがゆ》ですね」

沢渡さんが鍋の中を覗く。

「奈良といえばまずはこれを、と思いまして」

「昔は祖母の家で食べたりもしたなあ。懐《なつ》かしい。そうか、番茶を焙《ほう》じればいいの

か」

茶粥は奈良の名物だ。観光客や外国人相手に茶粥を出す店や、朝食で出すホテルもある。一口すくって味見をする。本来は米から炊くのが理想だが、時間にも限りがある。レトルトのごはんを使ったにしては、上出来だ。まずまずの仕上がりといえる。あとは何かアクセントになるような……。そう思ってふと
「そういえば、さっきかき餅っておっしゃっていましたよね」

と聞いてみる。

「ええ。すぐ近くの吊り店に。買ってきましょうか？」

話が早い。五分とたたずに戻ってくる。

「どっちがいいかわからなかったので、あげたんも買ってきました」

と手にしていた二つのビニール袋を掲げる。

「あげたん？」

「揚げ餅のことです」

「なるほど。揚げてあるもの、ってことですね。かわいらしい響きですね」

などと話していると、店の引き戸が開く音がした。

「こんにちは」

お客さんだ。沢渡さんと一緒に暖簾をくぐると、デニム姿の男性が立っていた。

「山井《やまのい》さん、ありがとうございます」

「いろんなお茶が飲めるっていうんで、のこのこやってきたよ。もっとも茶は売るほどあるんだけどね」

と笑う。

「山井さんのお茶は、オーガニックなんですよ」

大和茶を有機栽培している生産者の方だと紹介をうける。

お茶の有機栽培は非常に難しい。特に旨《うま》みの多い茶葉は、害虫の被害に遭《あ》いやすく、農薬が欠かせないとされている。また養分の多い土づくりを化学肥料を使わずに行うのは困難を極める。それでも手間ひまを惜しまず挑戦している農家もある。

「なんかいい匂いがしてるなあ」

「ちょうどお粥が……ね」

沢渡さんが嬉しそうに私に同意を求める。

「はい、できたところです。今日は四種類の茶葉を楽しんでいただきます」

準備に入った。

「まずはさっぱりと」

といいながら、急須に茶葉と薄切りにした干し柿を入れる。沸騰させた『樫の井の水』を湯のみにいったん注ぎ、すぐに急須に移した。旨みを味わいたい上煎茶や玉露《ぎょくろ》なら、もっとお湯の温度を下げてからいれるが、このお茶はすっきり出したい。しかもドライフルーツをブレンドしている。両者の味を引き出すために、熱めの湯でいれた。

香りが立ったところで、器に注ぐ。京焼の美しい白い肌に淡い黄色が映える。

「かりがねですか?」

玉露の茎の部分だけを使ったかりがね茶に干し柿を混ぜたブレンド茶だ。大和茶は野趣《やしゅ》があって、味に力強いキレがある。

「大和茶は他の食材と合わせても負けない強さがあるので、ブレンドにも向いていると思います。くせのない『樫の井の水』でいれています」

「なるほど。お互いのよさを惹《ひ》き立て合うんですね」

干し柿ブレンド茶を飲んでいただいている間に、キッチンで次のお茶の準備をする。

鍋に『柏の井の水』と茶葉を入れ、しっかり濃いめに煮出す。『柏の井の水』はさっきの『樫の井の水』よりも硬い印象があったので、茶葉をぐつぐつ煮出すのにふさわしい、と思ったのだ。

香りが立ってきたら豆乳を入れてあたためる。沸騰寸前に火を消し、茶こしでカフェオレボウルに見立てた赤膚焼《あかはだやき》の抹茶碗に注ぐ。乳白色の肌にふちどりのように鹿《しか》や山といった奈良の風景が小さく描かれている。奈良絵と呼ばれるものだ。

　仕上げにシナモンパウダーを振り入れた。

「和紅茶のミルクティーです」

「おお、スパイシィな香り」

　と湯気の向こうから山井さんの声。

「シナモンを加えてチャイ風にしました。茶葉は奈良の月ヶ瀬《つきがせ》の和紅茶です」

　日本で作られた紅茶を和紅茶という。紅茶の製造はインドや中国に限ったものではない。多く出回っていないのは、日本で栽培されている茶葉は、紅茶にはあまり向いていないせいだともいわれているが、奈良の月ヶ瀬の和紅茶は、緑茶のよさを残しながら紅茶に仕上げていて、紅茶独特の渋みが少ない。煮出してもえぐみが出ず、ミルクティーにも合う。

「そうか……。紅茶だからって身構える必要はないのか」

　私の横で沢渡さんが呟《つぶや》く。

　緑茶と紅茶、それぞれにいれ方や特性の違いがある。『九乃園』は奈良のお茶という括《くく》りで月ヶ瀬の和紅茶も扱っていたけれど、いまひとつ苦手意識を持っていたようだ。

「冬だったらショウガや柚子《ゆず》をブレンドしても美味しいですよ。和の素材同士、けんかしませんから」

「ショウガ紅茶！　体があったまりそうだなあ。寒い季節の畑仕事にもいいね」

山井さんが賛同する。

「緑茶も紅茶も、もとの木は同じですから。気軽に飲んであげてください」

と私がいうと、沢渡さんがはっとしたような表情を見せた。

緑茶は摘《つ》み取ってすぐに熱処理をする。一方の紅茶は、摘み取ってからしばらく酸化させてから加工する。ふさわしい品種はあるとはいえ、どちらも同じ「茶の木」から作られているのだ。

和紅茶のあとは、茶粥を召し上がっていただく。

「フルコースだなあ。『九乃園』が洒落《しゃれ》たフレンチレストランに見えてくるよ」

満足していただけているようだ。締めはシンプルに緑茶を差し上げる。茶葉に合わせ、今度は念入りにお湯を冷まし、蒸らし時間もたっぷりとる。

水は『水呑み地蔵』で汲んできてもらったものを使う。丸い、といった表現がふさわしい、カドのたっていない水だ。それをありがたく分けていただく、といった心持ちで丁寧に湯冷ましした。

その仕草を見ている山井さんも沢渡さんも口数が少ない。店内に一瞬の静寂が訪れた。時間をかけて茶葉を開かせ、急須を静かに傾ける。店内で販売していた地元の陶芸作家の作品という土ものの湯のみに注ぐ。

甘い香りが鼻孔《びこう》をくすぐった。

「こちらで最後になります」

そういって差し出す。とろりとしたお茶がごく少量、湯のみの半分くらいまで注がれている。

山井さんは右手で器を取り、左手を軽く添えながら顔を近づける、香りをかいでから口をつける。ほんのひととき口に含ませてから、喉《のど》の奥で
「こくん」

と飲み込む音が聞こえた。

「ああ……」

声にならないような音に混じって、すごい……と言葉が漏れた。

「旨みはもちろんですが、なんというか茶園の土の匂いや感触まで伝わるような
もったいないくらいの評価をいただいた。

「これ、山井さんところのお茶ですよ」

沢渡さんがいう。そうだったのか。

「え？　うちの？　こんなに美味しいんだっけ？」

拍子抜けするような表情でおどける。

「かぶせ茶です」

茶葉の入っていたパッケージを山井さんに見せる。

かぶせ茶は摘み取り前の二週間ほど、遮光《しゃこう》をして育てる。二十日以上、覆《おお》いの下で育てる玉露と比べると短期間ではあるが、それでも煎茶にはない旨みや独特の香りが加わる。

「自分で育てておいて何ですが、かぶせって煎茶でもなく玉露でもない。煎茶のキリッとしたところも薄れ、玉露ほどの旨みもない。どっちつかずで中途半端だな、って思っていたんです」

「逆です。かぶせ茶は煎茶と玉露のいいとこどり。どちらのよさも楽しめるんです」

いれる側としても、玉露ほど気を使わなくても美味しくいれられる。ありがたいお茶だ。

「それぞれのよさを補い合う……これも同じですね」

さっきのブレンド茶を思い出しながら山井さんがいう。

「それにこれは、まろやかな『水呑み地蔵』の水を使っていれたんです。それがまた相乗効果となったんじゃないでしょうか」

「自分とこの茶のことなのに、実は全然わかっていなかったんだなあ。製法ばかりにとらわれていて、美味しさに気付いていなかった」

　これだけのお茶を、農薬も化学肥料も使わずに作るのは並大抵のことではない。ご苦労がしのばれる。

「これからも丁寧なお茶づくりをよろしくお願いします」

　沢渡さんが頭を下げる。

「今年の新茶、期待していてくださいね」

　と山井さんがそれに応えて握りこぶしを作った。

　あと二ヶ月もすれば新茶の最盛期だ。茶園はこれから一年で最も忙しい時期を迎える。

「お仕事がんばってください」

　勝負の場に送り出すような気持ちで、店を出るその後ろ姿に声をかけた。

＊

　午後に入ると、奈良市内で店を開いている小売り業者さんや問屋さん、馴染《なじ》みの常連客などがいらっしゃった。面白そうな空気が伝わるのか、浄瑠璃寺を訪れた年配の観光客も店内を覗きにくる。

近鉄奈良駅の南側に、「ならまち」と呼ばれるエリアがある。メディアでもよく取り上げられているので、私も目にしたことがあるが、おしゃれなカフェや手仕事の店などが並ぶ地区だ。ナチュラル志向の女性ばかりでなく、シンプルなライフスタイルに興味のある男性などにも人気だという。私のＳＮＳをチェックして、そんな街歩きのついでにここまで足を延ばしてくれる人もいて、さまざまな客層が集った。

「どうぞ、どうぞ。いま、美味しいお茶がはいりますから」

沢渡さんが張り切って店の中に呼び込む。

時間にゆとりのある人や興味のありそうな方には、干し柿とかりがねのブレンド茶、和紅茶のミルクティー、茶粥、かぶせ茶の四種類をコースで。ちょっと試飲、という方には一種類を選んでいただき……と、それぞれの希望を聞きつつ対応する。試飲したお茶の葉をお土産に購入していく人もいる。少しでも店の売り上げに貢献できたなら来た甲斐《かい》がある。

一方でお茶には目もくれず、店の片隅で我関せずとくつろいでいるつづみに夢中の人もいる。それぞれが思いおもいの時を楽しむ、それこそがお茶の時間、という気がする。ふわふわした空気が店内に漂う。いい「気」が流れている、と感じるのは「九体さん」のご加護《かご》があるからだろうか。

＊

「おやじ！」

沢渡さんの驚いた声に店の入り口を見ると、ガラス戸の向こうに初老の男性が立っている。店内に招き入れながら
「先代です」

と紹介してくれる。

「ほれ、お茶請けにでもしてやって」

と、紙に包まれた箱が沢渡さんに渡される。包装紙を一瞥《いちべつ》して
「こういうのはいいよ。もう、なんか恥ずかしいなあ」

と頭を搔《か》く。地元のお菓子のようだ。

「面白いことやってるって田浦《たうら》さんから聞いてね」

午後イチでいらしてくださった奈良駅前の土産物店の店主が、先代に早速報告してくれたらしい。

「おやじが理解できるようなもんじゃないよ」

「まあいいじゃないか」

「はい。ぜひ飲んでいってください」

私がいうと、沢渡さんが渋々、先代を席に案内する。

「まずは奈良のかりがね茶と干し柿を合わせ、沸かした『樫の井の水』でいれたお茶です」

「ほお。当尾の里ブレンドってとこだな」

先代がお茶に口をつける。その様子を沢渡さんが少し離れたところから見守る。

「かりがねの渋さを柿の甘さが和《やわ》らげているのか。美味しいねえ」

先代のやさしい笑顔に、沢渡さんがかすかにふっと息を吐く音が聞こえた。

続いて和紅茶のミルクティー。

「紅茶を奈良絵の抹茶碗に注ぐとはね。なるほどこうしてみると、紅茶も緑茶も垣根はないって思えるなあ」

和紅茶が出回りはじめた頃、先代は「こんなもの」と思ったそうだ。日本なら緑茶を作るべきだ、と。

紅茶も緑茶ももとは同じ茶の木。先代の商売のやり方、沢渡さんのやり方……。それぞれ表面に現れる形は違っても根っこの考え方は同じなのだ。

ふと自分に置き換える。阡鐵《せんてつ》の幻の器、おばあちゃんの茶園、そしていまの私。日本茶カフェをはじめたのが七年前。出張スタイルにしてからもうすぐ五年。まだまだ駆け出しながら、それなりの月日が過ぎた。やり続けることが何よりも大切だとは思わない。でも続けることで気付いたことや得られたものは多い。やってきてよかった、ようやくそう感じはじめている。

「和紅茶は西洋の紅茶に比べてすっきりしているので、ミルクで煮出して、スパイスを加えたんですが。お砂糖を入れたり、お菓子といっしょに食べるとより合う気がするんですよね」

　そういいながら沢渡さんに目配せする。

「あれ、まんじゅうですよ。いいんですか？」

　事務所に置き去りになっていた先代からの手土産を、嫌々といった顔で差し出す。箱を開けると、それぞれ黄色か緑色かのたなびく風のような絵があしらわれた薄紙に包まれたおまんじゅうが並んでいた。

「おもたせで恐縮ですが、いかがでしょう」

　先代が緑色の絵が入った包みを開けると、茶色のおまんじゅうが顔を出した。鹿《しか》の絵の焼き印がかわいらしい。ぱくりと口に入れ、紅茶を一口飲む。

「ほんとだ。確かによく合う。わからんもんだなあ。まんじゅうには熱い番茶って思っていたが」

「セイロンの紅茶にはやはりクッキーなどの洋菓子が合うんですが、和紅茶だからおまんじゅうや最中《もなか》がなかなかいいんです」

「育った環境が同じもの同士が惹かれ合うわけだ。考えてみれば当たり前のことだったな」

先代の言葉を沢渡さんがじっと聞いている。

「次は番茶で炊《た》いた茶粥です」

熱々の器を出す。

「いいねえ」

そういって器に顔を近づける。

「この上に載ってるのは？」

「焼きかき餅を砕いたものです。ぶぶあられの代わりです」

京都では、お茶漬けにはぶぶあられという小粒のあられをトッピングする。沢渡さんにかき餅があると聞いて、使ってみようと思ったのだ。

「懐かしいなあ。子どもの頃を思い出すよ」

私と先代が話しているうちに、沢渡さんが席を外し、そっと事務所の中へ行く。しばらく奥でパリパリと音がしていたかと思うと
「これ……」

と大振りの器を先代の前に置いた。

「お前、こんなの覚えていたのか……」

「おばあちゃん家《ち》っていえばこれだったじゃないか」

それは揚げたかき餅、つまり「あげたん」に熱々の番茶を注いだ「かき餅茶」だった。浮いているかき餅をお茶に沈めながらいただくようだ。

「おばあちゃん家でこれを食べると、日頃のうっぷんが吹き飛んだのを覚えてる」

「お前の当時のうっぷんなんて、どうせテストの点が悪くてかあちゃんに怒られたことぐらいだろ」

先代が笑う。

「違うよ。俺だってそれなりに悩んでいたんだから。家を継ぐことだって……」

和んだ空気の中でかぶせ茶をいれる。

「どうぞ」

と湯のみを差し出す。

「さすがですね」

一口すすって、先代がそう頷く。お墨付《すみつ》きをいただいて嬉しくなるが
「お茶っ葉の力です」

と正直な気持ちをいう。

「これ、山井さんのオーガニックのかぶせなんだ」

「そうか。有機もここまで来たか」

しみじみ呟く。先代が現役だった頃は、茶栽培で有機なんて論外だったという。その後、何軒かの挑戦を耳にはしたが、無駄な努力、と目もくれなかったそうだ。

「立派なもんだ」

それはこの茶葉と、育てた山井さん、そして沢渡さんにかけられた最大の賛辞だ。

「ありがとう」

沢渡さんが素直に想いを口にした。


先代が帰られて片付けをしていると、沢渡さんが洗い終えた器を手ぬぐいで拭《ふ》く手伝いをしてくれる。

「たんぽぽさんのおかげです」

「そんな……。私は何も」

「ほら、あのかき餅茶。おやじが茶粥のトッピングのかき餅を食べているのを見て、急に思い出したんです。味の記憶ってすごいですね」

「お父さま、嬉しそうでしたね」

「おやじはこの店を継ぐときも、大和茶の専門店に変えたときも何もいわなくて。

だから俺のやっていることをどう思っているのかずっと気がかりだったんです。今日、ようやく認めてもらったような気がします」

吹っ切れたような笑顔を見せた。

客足が途絶え、再び静かな店内となった。

「豆乳が残りわずかなので買ってきますね」

声をかける。

「俺が行ってきます」

というのを制し

「私も少し外の空気を吸いたいので」

と伝え、外に出る。大きく深呼吸すると、まだ少し肌寒い春の空気が体内を駆け巡った。自販機で豆乳のパックを買う。

「よし、あとひとがんばり」

気合いを入れて店に戻ろうとしたとき、道の向こうのバス停に立っている女の子の姿が目に入った。高校生だろうか。目が合って会釈《えしやく》をしてきた。声をかけてみる。

「ご旅行ですか？」

今日一日接客をしていたが、フリーで訪れる客の大半は、年配の女性グループや夫婦だった。こんな若い学生さんがひとりでいるのは珍しい。

「これから名古屋に戻るんですが、次のバスまで四十分もあるんです」

「いま、そこのお茶屋さんでイベントをやっているので、バスの時間までお茶、飲んでいきませんか？」

誘ってみると
「お茶したいって思っていたんです。でもこのあたりのお店もよくわからなかったので」

と喜んでついてきてくれた。

「沢渡さん、お客さんです。バス停でナンパしてきちゃいました」

と笑うと
「どうぞ、どうぞ」

お兄さんの顔で、手招きする。

お茶の種類の説明をして、ご希望の和紅茶のミルクティーの準備をする。

「奈良でも紅茶って作られているんですね」

と驚く彼女に
「紅茶も緑茶も、もとは同じ茶の木からできているんですよ」

と沢渡さんが胸を張って答えてから、照れ臭そうに私のほうを見た。

「学生さん？」

「はい。この間、高校を卒業したばかりです」

「じゃあ、卒業旅行ですね」

私がいうと
「堀辰雄《ほりたつお》が好きなので」

確か昭和初期に活躍した日本文学の作家だ。高校の教科書に載っていた代表作の『風立ちぬ』のさわりくらいしか知らない。

「馬酔木《あせび》を見に来たんですね」

沢渡さんがおまんじゅうを持ってきながら、そんなことをいう。

『大和路・信濃路《しなのじ》』という堀辰雄の作品の中に、彼が妻と訪れた旅の様子を書いた『浄瑠璃寺の春』という一編があるそうだ。冒頭に境内の馬酔木の木のことが印象的に描写されているので、この季節には、それ目当ての参拝客も多いそうだ。

「文章の通り、お寺に入ると白い小さな房が顔にかかってきて」

学生さんが目を輝かせて話す。脇に置いたリュックから一冊の薄い文庫本を取り出す。カバーには淡い緑色の山々の風景が描かれ、めくった中の紙が黄土色になっている。どうやら古本のようだ。

「コミュニティバスのおかげで当時よりは便利になったけれど、風景はそのままですよね」

沢渡さんの言葉に頷きながら、学生さんがおまんじゅうに手をのばす。

「こっちの黄色い絵の包み紙が黒あん、緑のほうが白あん。『奈良饅頭《まんじゅう》』っていうんです」

先代のお見立てだ。沢渡さんにとっては懐かしい味のようだ。嬉しそうに説明をする。学生さんが手をのばすと
「まあ、いわゆる利休《りきゅう》まんじゅうですね」

と沢渡さんがいった。

そういえば、以前出張で行った福岡の『ギャラリー下川《しもかわ》』の壁に飾られていた植物は「利休草《りきゅうそう》」っていったっけ。売茶翁さんは和菓子店の名前にもなるし、利休さんは植物やおまんじゅうに……などと思い起こしているうちに、私は思わずぷっと吹き出してしまった。

茶席でも使われる素朴な茶まんじゅうのことを総称して「利休まんじゅう」と呼んだりする。でも私の頭にあったのはそれではない。落語の『茶の湯』だ。

笑いをこらえている私に、沢渡さんが
「たんぽぽさん、どうされました？」

と声を潜《ひそ》める。

「あ、すいません。実は『利休まんじゅう』が出てくる『茶の湯』という落語の噺《はなし》があるんです。それを思い出してしまって」

そういって、噺のネタを披露する。こんな感じだ。

「何か風流なことでもおやんなさいな」

と小僧にそそのかされ、見よう見まねで茶の湯をはじめるご隠居《いんきょ》さん。

「こんなものだったかな」

と曖昧《あいまい》な記憶を頼りに長屋衆にもてなしてはみるが、どことなくおかしい。それもそのはず、まずは青い粉を入れるんだったな、と色や質感の印象だけで、抹茶ではなく青黄粉《あおきなこ》を使っていたからだ。もちろんこれでは泡も立たない。

それでは、と椋《むく》の皮を入れてみる。すると今度は泡だらけ。

お菓子はどうしたもんだったろう。これまた想像で作った「利休まんじゅう」は、ふかした芋《いも》を灯《とも》し油を塗ったお猪口《ちょこ》で型抜きしたもので、とても食べられる代《しろ》物《もの》ではない。

そんな折、ぜひともご隠居さんに茶の湯を教わりたいというお客がやってくる。いそいそともてなすご隠居さん。お客さん、椋の皮入りの青黄粉を飲んで吐き出しそうになるのをぐっとこらえるが、さすがにふかし芋のまんじゅうを口に入れたらもう限界。席を立ってこっそり吐き出してしまう。吐き出したこのまんじゅう、さてどうしたものか。

「ええい」

裏の庭へポイッと投げ捨てた。それを見ていたお百姓
「また茶の湯か」

と呆《あき》れる、というところでサゲとなる。

きっと裏庭は、これまでご隠居さんにもてなされてきた人たちが投げた、ふかし芋の「利休まんじゅう」がいっぱい落ちていたのだろう。

そんな噺を聞いたばかりに、学生さんが食べていいものかと躊躇《ちゅうちょ》してしまっていた。慌てて
「心配はご無用。こちらは正真正銘の美味しいおまんじゅうですから、安心してお召し上がりください」
というと、嬉しそうに口に入れて
「美味しいです」
と笑顔を見せた。

「四月からは大学生？」

気を取り直して声をかけると、にこやかだった顔が一瞬沈んだ。

「入学が決まっている大学があるんですが、そこには行きたくないんです」

聞けば、第一志望だった学校の受験には失敗したが、滑り止めで受けていたところからは合格通知が届いたそうだ。浪人して来年、志望校に再チャレンジしたいといっても両親が許してくれないという。

「いっそ、仮面浪人しちゃおうかとも考えているんです」

希望ではない大学に籍を置きながら、来年の受験に備えるという意味らしい。

「受かった大学は、好きになれそうもないんですか？」

と尋ねると
「というよりも、行きたかった大学でしか学べない分野があるんです」

国文学の権威がいる大学で、本格的に近代文学の研究をしたかったそうだ。

そんなことを聞いていると
「たんぽぽさん、今日は占いはされないんですか？」

と沢渡さんに声をかけられた。

今日はイベントというよりも、『九乃園』の取引先の方々に向けたデモンストレーションが主だっていたので、タロットのことは特にいっていなかった。要望があ

れば、くらいに考えていた。促されて
「じゃあ、占ってみます？」

ため息を漏らす学生さんの顔を覗き込むようにして、トートバッグから猫の絵柄のカードを取り出して見せた。

「いい結果だったら信じればいいですし、悪い結果だったら無視すればいいんですから」

沢渡さんがいたずらっぽい笑顔を見せる。

「はい！　私、占い大好きで、今日もテレビの星占いでいい出会いがあるっていわれたんです」

「それ、当たりましたねー」

沢渡さんが手を叩《たた》く。

まずはいつものルーティン。テーブルに赤とオレンジの花柄の布を敷き、シャッフル、占い内容の確認、と続ける。カードをVの字形に置いていく。二者択一を段階的に見られる占い方だ。

「浪人した場合、研究の希望は叶《かな》うかもしれませんね」

学問や才能を示す〈魔術師〉、最終予想では〈法王〉のカードが出ている。立派な研究者になるかもしれない。

「でも今回受かった大学に行くと、友達に恵まれますよ」

〈太陽〉、〈永遠〉と楽しげなカードが並ぶ。

「真面目に学ぶか楽しく過ごすか、ですね。ただ、このまま進学した先でも、興味のあることが見つけられるかもしれませんよ」

〈愚者〉のカードも出ているから、彼女独自のユニークな研究ができるかもしれない。

「住めば都、っていいますからね」

と沢渡さんが横から力強く助言した。

「俺も最初はこんな田舎でお茶屋なんて、って思っていたけど、この場所で救われたこと、得たものはすごく大きい。いまではもうどっぷりです」

と笑う。

「ほら、茶の木だって紅茶になったり緑茶になったりするじゃないですか。どの道を選ぶかは、入ってから考えてもいいんじゃないですか？　それにやりたいことは場所や環境じゃないですから」

私がそういうと、沢渡さんが
「かぶせ茶だ」

と突然呟いた。

「え？」

学生さんと私が顔を見合わせていると

「いいとこどりしちゃえばいいんですよ。受かった大学では一生の友達を作って、行きたかった大学のその教授の講義だけを聴講するっていう方法もあるかもしれませんよ」

という。それを感心して聞きながら、ふと思って尋ねてみる。

「そうそう、文学好きさんにひとつ教えてもらいたいことがあるんですけど」

「何でしょうか？」

「前に玉露のお茶を飲んだお客さんが、漱石《そうせき》……っておっしゃったんです。夏目《なつめ》漱石のことだとは思うんですが、何をいいたかったのかわかりますか？」

『ギャラリー下川』で、店主の早苗《さなえ》さんのご主人、広志《ひろし》さんが漏らしたひとことが、ずっと気になっていたのだ。

「『草枕《くさまくら》』、でしょうか。普通の人は茶を飲むものと心得ているが、あれは間違だ。舌頭《ぜっとう》へぽたりと載せて、清いものが四方へ散れば咽喉《のど》へ下《くだ》るべき液は殆《ほと》んどない。只馥郁《ただふくいく》たる匂《におい》が食道から胃のなかへ沁《し》み渡るのみである」

すらすらと暗唱する。これぞ現役の力。思わず拍手をしてしまった。

「ああ、美味しいお茶ってまさにそういう感じですよね。うまいことというなあ」

と沢渡さんが唸《うな》るので
「そりゃあ天下の漱石さんですもんねえ」

と学生さんと頷き合う。

「主人公の画家が、生きづらい日常から離れて、山奥の湯治場《とうじば》にしばらく滞在するんです。その間ずっと、美とは何かをあれこれ考える。そうした日々の中で出会ったお茶の美味しさについての言及です」

学生さんがはきはきと『草枕』の内容を説明してくれる。

あのとき、日本画家の広志《ひろし》さんは、何を描いていったらいいのかを模索しているとおっしゃっていた。もしかしたら、美の本質について考えていく中で、『草枕』を読み返していたのかもしれない。わざわざ他人に話すことでもなかったので、言葉を濁したのだろう。

「そういえば『草枕』には、たんぽぽが出てくるんですよ。道端のたんぽぽについての描写なんですが、珠《たま》のような黄色の花を鋸《のこぎり》のような葉が護《まも》っている姿に感心しているくだりです」

続けて
「漱石といえば、こんな句がありましたね」

と学生さんが詠み上げてくれた俳句に、はっと息をのんだ。

売茶翁花に隠る、身なりけり

未来の国文学者さんの解説は続く。

「形ばかりにとらわれた茶の湯の世界をよく思っていなかったみたいですね。痛烈な批判が『草枕』にも書かれています。そんな格式ばった茶へのアンチテーゼがこの句です。お茶って本来はこうあるべきだっていうことをいっているみたいです」

漱石が句に込めた意味は、売茶翁のこんな姿のことをいっていたのだろう。

――穏やかな笑顔を浮かべ、売茶翁は自然の木々や花の中に溶け込んでいる。人より目立ったりせず、特別なことをすることなく、あるがままの姿で、ただそこにいて、ただお茶をいれている。――

ことさらに洒落者を気取ったり、声高に茶人を名乗るのではなく、ごく自然に当たり前のことをする。それが美であると。

売茶翁のことをそんなふうに謳《うた》った漱石が、お茶の味やたんぽぽのことに言及している。漱石が全てを結びつけてくれた。なんだか嬉しくなって学生さんにお礼を伝えたくなった。

　その代わりに、猫の形に切り抜いた名刺大のカードを彼女に渡した。

「私からはこれを。『迷い猫カード』です。スマホケースにでも入れておいてください」

ま　廻り道
よ　寄り道もまた
い　いずれをも
ね　願いにつながる
こ　古都の春の日

「そろそろバス、来ちゃいますよ」

沢渡さんが、時計に目をやって慌てていう。

「あ、ほんとだ！」

　大急ぎで帰り支度を手伝い、バス停まで送り出すと、ちょうどバスが道の向こうから顔を出した。乗り込んだバスの車窓から小さく手を振る姿がかわいらしい。そのままバスが見えなくなるまで私と沢渡さんも手を振り続けた。

「さ、そろそろ我々も店閉まいですね」

終バスはもう出てしまった。タクシーの手配をしてもらおうとすると
「奈良駅まで車でお送りしますよ」

といってくれた。ありがたい。一日中、立ち仕事でそれなりに疲れていた。ここでまたタクシーを待って、つづみを乗せる了解を取って、と考えて少しばかりげんなりした気分になっていたところだ。

手早く荷づくりをして、つづみをキャリーバッグに入れトートバッグを持つ。店をあとにするときに、もう一度振り返る。店の内に残るお茶の香りをすっと吸い込む。

「今日もありがとうございました」

心の中でお礼をいって頭を下げた。キャリーバッグの中でつづみがもごもごと動いた。

「たんぽぽさんが朝おっしゃっていた、お茶の力って意味がわかりました」

車の中で沢渡さんがいう。

「店に入ってきたときは怪訝《けげん》そうだったり、疲れた表情をしていたお客さんたちが、お茶を飲んで帰るときは、みんなとても晴れやかな顔をしているんです。お茶を振る舞うことって、人を癒《いや》すことと同じ意味なのかもしれませんね」

仙台のシェアホテルのスタッフ、小松原《こまつばら》さんから受けた上質なおもてなし。お茶を振る舞うことで、あんなことが自分にもできるだろうか。まだまだ。それでも出張カフェの一日の終わりにはいつも思う。

「楽しんでいただけてよかったです」

「あれこれ難しく考えていたけれど、実はもっとシンプルなものかもしれませんね。ほら、さっきの『茶の湯』の落語」

顔を見合わせて吹き出してから、沢渡さんが続ける。

「知ったかぶって頭でっかちになっているよりも、素直にお茶の味に向き合えばいいんですよね」

「三種類のお水、すごく嬉しかったです。私ひとりだったらとてもできないことでした」

「『水呑み地蔵』の水を使ってもらえて、俺もありがたかったです。包み込むような味のお茶になっていて驚きました。この土地に見守られているんだ、って実感できました」

車が近鉄奈良駅に着く。これから京都駅経由で「のぞみ号」に乗れば二十二時には帰宅できるだろう。

さっき学生さんを見送った私が、今度は見送られる側になる。満ち足りた気持ちとともに、少しだけ心がすーすーする想いもする。それをかき消すように、そして後悔のないように、私は深くお辞儀をして、くるりと前を向いた。

私の旅はまだまだ続く。この先もずっと。それは今日会った全ての人、そして沢渡さんも同じだ。明日に向かっての一歩を踏み出そう。それが生きていく、ということなのだから。

＊

京都駅のコンコースで、車中で食べるお弁当を物色。ここはやっぱり、と鯖《さば》の半身が押寿司になった名物の鯖姿寿司を選ぶ。それから、と、つい自分へのご褒美《ほうび》でクリーミーな抹茶餡《あん》がみっちり入った大福餅を買う。

繁忙期ではない。指定席を取る必要もないだろう。来た電車に乗ればいい、と新幹線ホームを歩いていると、スマホに着信があった。仕事の依頼だろうか、知らない番号からだ。

「たんぽぽさん？　有田の酒井です」

少ししゃがれた声が電話口から漏れる。

「酒井さん！　お久しぶりです」

一昨年の夏の終わり、福岡に出張した帰りに佐賀の有田に立ち寄った。たまたま入ったお店が『骨董　酒井』だ。

「今、話していて大丈夫かい？」

「大丈夫です。京都駅のホームで電車を待っているところです」

おそらく喧噪《けんそう》が先方にも届いていたのだろう。

「京都？　いよいよ売茶翁のゆかりの地詣《もう》でか？」

現代の売茶翁、といってくれたのは酒井さんだ。

「それもいつか行きたいんですが……。今日は仕事で大和路に行っていたんです」

「忙しそうで何より。相変わらずあっちゃこっちゃ動いてんなあ」

と笑い
「じゃあ手短にいうから、よく聞いて。ちなみに明日は仕事か？」

「明日ですか？　オフです」

「よかった。いまからいうところに明日の朝七時に行ってくれ」

住所と寺の名が告げられる。知らない寺の名だったが、住所は私の実家のある浜松市だ。

「出張カフェの依頼ですか？」

「お茶会に出てほしいらしい。カフェじゃなく客として、ということだ」

どういうことだろうか。ぼんやりしていると
「阡鐵の汲み出しが見つかったんだ。そのお茶会を主宰している亭主《ていしゅ》が持っている
そうだ」
「え？」
そのとき、ホームに新幹線が滑り込んできた。

※奈良駅から浄瑠璃寺への急行バスは、時期によっては運行されていないこともありま
す。その場合は、JR加茂《かも》駅から出ているコミュニティバスのご利用をおすすめします。

第6話

出張カフェ承ります。どこへでもお道具箱ひとつで参上します

【器】幻の汲み出し　阡鐵

五年前の夏のこと。

「ねえ、おばあちゃーん。天袋の座布団《ざぶとん》はどうするの？」

脚立《きゃたつ》の上から、台所で食器を梱包《こんぽう》している祖母に声をかける。

「座布団？　そんなの全部処分していくわよ。下ろしておいてちょうだい」

私は祖母の指示に従うべく、天袋に積み上げられたえんじ色の座布団を
「うんせ」

と両手に抱えて取り出す。するとその奥に同じ数だけのお揃《そろ》いの座布団が顔を覗《のぞ》かせた。頭をぐいっと中に入れて覗くと、どうやらその奥にもありそうだ。

「ねえ、すごい枚数なんだけど」

まるでポケットを叩《たた》くと永遠に出てくるビスケットのようだ。

「昔はよく人が集まったからねえ。お正月だ、お盆だって。法事のときなんか、お経をあげに来てくれるお坊さんのお座布団が足りなくなっちゃって慌てたこともあったんだから」

懐《なつ》かしそうに記憶を辿《たど》る。私も子どもの頃のお正月は、毎年、ここでいとこと会うのが楽しみだった。襖《ふすま》を開け放って大広間になった畳の部屋にはテーブルが並び、大人たちはうな重、子どもたちにはエビフライ。ご馳走《ちそう》にお年玉、お土産に貰《もら》ったばかりのアニメの絵のついたおもちゃで遊び、食後にはメロン。パラダイスだ

った。

「もったいないなあ」

思い出までなくなってしまう気がしてぽつりと呟《つぶや》くと
「あの世まで持っていけないんだから」

とそっけない。ぐずぐずしていると
「もうそっちはいいから、蔵のほうも見てきて」

と矢継《やつ》ぎ早《ばや》に指示がくだった。

耳こそ少し遠くなってはきたけれど、もうすぐ九十歳に手が届くとは思えないほどしっかりしている祖母だ。台所の食器や道具も自分ひとりが使うほんのわずかな数だけ残して、あとは全部処分するつもりのようだ。

「おばあちゃんは潔《いさぎよ》いよね」

昔の人は何でも溜《た》め込むくせがあるという。それは物が自由に手に入らなかった頃に子ども時代を過ごしたせいだといわれている。この座布団の数を見ればそれも納得、といわざるをえない。

でも祖母の場合はもう少しカラッとしている。

「こう」

と決めたら振り返らない。だから今回も母や伯父や叔母が止めたにもかかわらず

「この家を売って、ケア付きマンションで暮らす」

と決め、あれよあれよと事を進めてしまった。家具や服も必要最小限あれば十分、とこれまで大事に使ってきたものを躊躇《ちゅうちょ》なく選別している。育った家が人の手に渡ってしまって、母は少し寂しそうだけど、そんな切り替えの早い祖母を私はちょっと格好いいな、と思ってしまう。

「片付けの手伝いに来てちょうだい」

といわれて張り切って参上したわりには、家の中はもうほとんど片付いていて、私の威勢が空回りするくらいだ。


その夏は史上最高気温を記録した、というあんまり嬉しくない「日本一」の称号を貰った我が故郷だが、私の実家から車ですぐなのに、このあたりに来ると海が近いせいか、風が心地いい。……というのはいいすぎで、「生温《なまぬる》い」風が吹いている、というのが正解なんだろうけれど、それでも風が通る分、息ができる。ふっと体から力が抜けていくようだ。

祖母は三人の子どもたち（その真ん中が私の母なんだけど）が独立してからずっと、この家でひとり暮らしをしていた。体調には問題なかったけれど、家の管理や庭の草木の手入れが、さすがに億劫《おっくう》になってきていた。

「おばあちゃんだけじゃなく、家そのものもガタがきているからねえ」

雨漏《あまも》りの跡を見やる横顔も、ちっとも年老いたそれではない。

祖母の家は広い。母屋《おもや》に離れ、ハマナスの咲く庭には小さいながら池もある。ここで蛙《かえる》になる前のおたまじゃくしをはじめて見た日の衝撃は、いまでもはっきり覚えている。その池の奥に、石造りの蔵がある。「蔵」といってもまあ「物置き」となんら変わりはないのだが、そういわれるとまるで大名屋敷か大地主になった気分になるのだから、言葉というのは面白いものだ。

「お宝あるかなー」

すっかりその気になっていると
「ガラクタばっかりよ」

と笑われた。

昔はそれこそ、ハレの日に登場するお膳《ぜん》やらお道具やらが納められていたそうだが、それらも少しずつ人の手に渡って、いまは掃除用具やもう何年も使っていない錆《さ》び付いた自転車なんかが押し込められている。

トビラを開け放って、砂埃《すなぼこり》を立てながらガタガタやっていると、ふとどこからか視線を感じる。きょろきょろ見回しても、人気《ひとけ》はない。

「気のせいか」

蔵の掃除に戻ろうとしたところで、足をくすぐる何かに出会った。

「きゃっ！」

思わず小さな声を上げてしまった。蔵の中に棲《す》むあやかし……とかよく聞くではないか。あの類《たぐ》いかと勘《かん》ぐったのだ。まさか、勝手に掃除なんかして物《もの》の怪《け》の怒りを買ってしまったのか……

というのは杞憂《きゆう》だった（当たり前か）。

見ると、子猫だ。背中が真っ黒、足は真っ白、顔の上半分が黒くて下半分が白い「はちわれ」柄だ。

「どこから来たの？」

私の問いには返事もせず、子猫はすたすたと蔵の中に入っていく。そして迷うことなく奥の棚にぴょんと飛び乗った。そのまま身軽に一段ずつ登っていき、一番上の段まで行ってこちらを見る。

「ここまでおいで」

と呼んでいるようだが、あいにく私の背では届かない。蔵の中を見回すと古ぼけたアルミの脚立がある。脚を広げて登って、ようやく上段に手が届いた。

そこには「みかん」の文字が印刷された段ボールがひとつ。箱の横に描かれたイラストは、「みかん色」ではなく「梨《なし》」のようなうす茶色に色あせている。十字に結んでいる紐《ひも》は、幅広のビニール製だというのに、裂けて糸のようになっている。年月がそうさせたのだ。

　そろそろと持ち上げると両手にずしりときた。少し傾けるだけで、箱の上から砂埃が顔に降り掛かる。同時に中で「カチャリ」と物がぶつかる音がした。

「割れ物かなあ」

　抱えた箱をなるべく平らに保ったまま、用心深く脚立を一段ずつ降りる。

「転ばないように」

　自分にいい聞かせる。手伝いに来ておいて、ケガでもしたら厄介者になるだけだ。ここは慌てず焦《あせ》らず、なんとか無事に脚立を降り切って箱を床に置いて、ほーっと息を吐いた。それまでじっと我慢していた汗がぶわっと噴き出してきて、腕で拭《ぬぐ》っていると、じりじりと地上に降りた私とは違い、さっきの子猫が上の棚から
「とん」

　と、ひとつ飛びで降りてきた。自分の体長の何倍もある高さから、よくこんなに身軽に乗り降りできるものだ……と感心していると、下ろした箱のまわりをつたつたと歩き出した。

「開けてみろって？」

　ビニール紐、忠実に表現すれば「元」ビニールであったろう糸状の紐を引っぱる

と、それは灰のようにパラパラと崩れ落ちた。ギリギリ保っていたのだ。続いて段ボールのフタを埃ごと開く。

中から出てきたのは、瀬戸物だ。壺《つぼ》状の細長いものは一輪挿しだろうか。直方体の箱状のものや、口の広がったもの、どれも花器《かき》のようだ。それがぞんざいに詰め込まれていた。

「きれいな形……」

意匠は凝《こ》らされておらず、曲線にもわざとらしさがない。自然の葉や花が描くような形に近い。釉薬《ゆうやく》の青緑色が、蔵の入り口から差し込んでいる光に透けて、アイスのように溶けてしまいそうだ。そんなことを思っていたら、しゃがんでいる膝《ひざ》頭《がしら》にあたたかいものを感じた。はちわれ猫が体を擦《す》り寄せてきている。

「あれ？　私のこと気に入っちゃいましたか？」

手にした花器を段ボールに戻し、空いた両手で黒い耳の後ろをそっと撫《な》でると、小さく喉《のど》を鳴らした。

「ひと休みしますよ」

声に振り向くと、急須《きゅうす》と湯のみを載せたお盆を手にした祖母が立っていた。

「あら、猫。どこの子？」

私が聞きたいくらいだ。

「蔵の裏から来たみたい」

「ずいぶん懐いてるのねえ」

私の足の間を行き来しながら、膝や腿《もも》に小さな頭をさかんにこすり付けている。

「まだ赤ちゃんだよね」

「ちょっと待ってて」

急須の載ったお盆を私に預け、祖母が小走りで母屋に向かう。湯のみからいい香りが立ちのぼる。

「ではお先に……」

お盆を左手に持ったまま、ちょっとお行儀《ぎょうぎ》は悪いけれど、右手で湯のみを手にして、お茶をすする。口中にまったりとした甘みが広がった。

「なんですか、立ったまま。あなた、お茶の先生でしょ」

戻ってきた祖母が呆《あき》れていう。先生、ではない。日本茶カフェの店主なだけだ。

「さすがだね。おばあちゃんのお茶にはとうてい敵《かな》わないよ」

私が水質やら湯温やらこだわって丁寧にいれても、祖母が、ささっと手際《てぎわ》よくいれてくれるお茶の味は格別なのだ。私からすると、何も考えずにいれているように見えるため、魔法の粉でも降り掛けているんじゃないかと勘ぐるくらいだ。

「飲むかしらねえ」

と床に白い液体の入った小鉢を置きながらいう。

「ミルク？」

私が聞く間もなく、猫がととと、と小鉢に駆け寄り、ぺちゃぺちゃと音を立てはじめた。

「お腹《なか》すいていたんだねえ」

「きっと親猫とはぐれちゃったのよ。可哀想《かわいそう》に……」

祖母が首を傾《かし》げて見ていたかと思うと
「たんぽぽ、あなた、連れて帰ったら？」

と平然と続けた。

「私が？」

「だってこんなに懐いて。たんぽぽの子になりたいっていっているじゃない」

確かに。猫はミルクを飲んでは、私の顔を見上げ、またミルクに口をつけ、その合間に私に擦り寄ることを繰り返している。その間ずっとゴロゴロと喉を鳴らしている。

私が住んでいるのは都内の単身者用のワンルームマンションだ。それなのに、なのか、それだから、なのか、ペットの飼育は許可されている。お隣の部屋からは、きゃんきゃんと元気のいい犬の声がよく聞こえてくる。

祖母は今月末にはこの家を出てしまう。新しい住まいになるマンションでは飼えない。このままだとこの子の命の保証はない。

「んなっ」

よく通る高い声に
「あらまあ、かわいい声出すのね」

と祖母が目を細める。そっと抱き上げたら目が合った。

「お名前、どうちますかねえ」

つい赤ちゃん言葉になる。

「たんぽぽの子だから……つづみ」

「つづみ？　なんで？」

「あら知らないの？　たんぽぽの別名は鼓草《つづみぐさ》っていうのよ」

タン、ポン、ポン。タン、ポ、ポ……と鼓を打つ音に由来しているんだそうだ。

「つづみ……」

持ち上げている私の腕の下から覗き込むようにして
「男の子。つづみくんだね」

祖母がけたけたと笑う。そして

「たんぽぽをよろしくね」

と狭い額《ひたい》を人差し指ですっと撫でると、つづみ、と名付けられたばかりのはちわれ柄の子猫が、気持ちよさそうに目をつむった。

そうやって目を閉じると、目元が逆八の字になるのがかわいくて、にやにやしながら眺めていたら、祖母が素《す》っ頓狂《とんきょう》な声を上げた。

「あら！」

さっき下ろした段ボールの中を覗いている。

「ああこれ、棚の上にあったんだけど、おばあちゃんが使っていたもの？」

「ここにあったのね。残っているのはもうこれだけなのよ」

「これだけ、って？」

「お義父《とう》さんの作品。あなたからするとひいじじのね」

「え？　ひいじじってこういうのを作る人だったの？」

私は祖父の顔を知らない。もちろん写真では見たことはあるけれど、私が産まれたときにはもう亡くなっていたからだ。それどころか、もともと体の弱かった祖父が亡くなったのは、母がまだ父と結婚する前のことだ。中学校で国語の先生をしながら詩を書いていて、何冊か詩集も出していた。それは聞いていたけれど、祖父のお父さん、つまり私にとっての曾祖父《そうそふ》のことまでは知らなかった。

「陶芸家だったのよ。それで食べていけたんだから、わりと有名だったたってことよねえ」

祖母がのんびりといって、花器の底に記された名前を見せてくれる。「阡鐵《せんてつ》」と彫《ほ》られている。これが曾祖父の陶芸家としての名前だったそうだ。

「ほら。山の茶園、あったでしょ」

市内の東、天竜川《てんりゆうがわ》上流の山あいにある祖母が管理していた茶園だ。一時期は育てた茶葉を売っていたこともあったそうだが、だんだんと規模を縮小していき、最近では自分たち家族や親戚が一年楽しむ分だけを収穫するくらいになった。茶園というよりも垣根の役目のほうが大きいかも、なんて実家でも母が話題にしていた。それも数年前までのこと。いよいよ茶園を閉める、となったときに最後の新茶を譲り受けたのが、私が日本茶カフェをはじめたきっかけだ。

「あそこにお義父さんの工房があったのよ。当時は大きな窯《かま》もあってねえ」

遠くを見る目をする。

「てっきりおばあちゃんの茶園だと思っていたよ」

「お義父さんが亡くなってから、完全に工房は閉めちゃったし、窯もねえ、あの人がねえ」

肩を落としてため息をつく。

「あの人って？」

「ハルさん。あなたのおじいちゃんよ。教師になる前は、工房を手伝っていたのよ」

曾祖父も跡を継がせる弟子として指導をしていたそうだ。

「でもおじいちゃんって、詩人だったんでしょ？」

「そう。霞《かすみ》食べているような人でしょ。職人気質《かたぎ》のお義父さんとそりが合うわけないわよね。結局、途中で逃げ出しちゃって、お義父さんとはそれっきり」

知らなかった。

「お義父さんも頑固な人だったから、年をとって、もう作陶ができなくなったら、これまで作った作品を全部処分しちゃってね」

「売ったの？」

「そう。あとで知ったことなんだけど、そのお金で自分の後始末っていうの？　お葬式代やらちゃんと遺していたのよ」

「じゃあこれは？」

足元の段ボールを指さす。

「お義父さんが亡くなったあと、いよいよ工房を畳《たた》むというときに片付けていたら、この段ボールがひとつだけ残っていたの。きっと処分し忘れたのよね」

中を開けたら、花器だけがいくつも入っていたそうだ。

「花器かあ。おばあちゃんお花、上手に飾るもんね」

祖母の家の玄関先には、いまでも欠かさず季節の花がさりげなく生けられている。

「だから、これは欲しい、と思ってハルさんには内緒で持ち帰ってきたのよ」

それでこの蔵に隠しておいたのをすっかり忘れていたようだ。

「内緒にすることもなかったのに……」

というと、祖母は首を横に振る。

「ハルさんもお義父さんのことになると機嫌が悪くなるし、私は茶園の管理があったから行き来していたんだけど、お義父さんもハルさんに対しては、あいつには俺の器をぜったい触らせるな、って。職人の意地よね」

「お互い頑《かたく》なだったんだね」

寂しそうに頷《うなず》く祖母の横顔が急に老けて見え、胸の奥がきゅっとなった。

「でも茶園の管理をまかされていたくらいだから、おばあちゃんのことは認めていたってことだね」

励ますようにいうと、祖母はさらに顔を歪《ゆが》ませる。

「違うのよ。茶園だけはどうしても私が守りたくて勝手に出入りしていたの。さすがにそこまでは止められなかったけど、ほとんど口も聞いてくれなかったのよ。私もハルさんと同じ。お義父さんには嫌われていたのよ」

ため息を漏らしながら、段ボールを覗く。

「もっといろいろあったんだけどねえ。そうそう、素敵なお湯のみがあったのよ。薄づくりで、こう、なんていうかあたたかみがあって。珍しい色でね」

まるで目の前にその器があるかのように話す。

「思い入れはなかったのかなあ」

私ですら気に入った器は、少しくらい欠けても大切に使い続ける。自分で作ったものならなおのことだろうと思うのに。

「そのお湯のみはお義父さんも大切にしていたのよ。作業台の棚の上にいつも置いてあってね。だから処分するっていうときにも聞いたんだけど、もう必要ないんだ、の一点張りでね」

もう自分は作陶しないのだから、過去にしがみついているようで嫌だったということだろう。作った人だけがわかる感情なのだろうか。それでも私にはやはり理解できない。

「それって誰の手に渡ったかわからないの？」

いまならインターネットで検索すれば出てきたりするんじゃないだろうか。

「はてねえ。出入りの業者にそれとなく聞いてみたこともあるんだけど、梨《なし》の礫《つぶて》で。お義父さんが亡くなったらハルさんが工房も窯も壊しちゃって、もう名残《なご》りやよすがもなくなっちゃったわねえ」

でも久しぶりに思い出したよ、と段ボールの中の花器をひとつ手にする。

「これは新しい住まいに持っていこうかしらね。狭いマンションの部屋でも花くらい飾れるでしょ」

「うん。そうするといいよ」

私も嬉しくなった。そして、そうだ、と思った。

「おばあちゃん、私がそのお湯のみ探すよ。見つけ出すよ」

というと、足元で丸まっていた子猫のつづみが、むくっと起き上がった。

「この子と一緒に」

祖母が真夏の向日葵《ひまわり》のような大きな笑顔を見せた。

＊

「今夜、泊まっていい？」

京都から一番早く東京に戻れる「のぞみ号」ではなく、浜松駅にも停車する「ひかり号」に乗車し、新幹線の車内から実家の母にLINEを送る。

「また突然ねえ。お父さんは出張でいないけど。どうぞ」

ありがたい。そしてすぐに
「晩ごはんは？」

こういうところは母親なのだ。何を措《お》いても、と食事の心配をしてくれる。

「食べていくから大丈夫」

すでに半分以上平らげてしまっている鯖姿寿司を見て、肩をすくめる。隣の座席に置いた焦げ茶色のキャリーバッグからの視線を感じて、慌てて付け加える。

「つづみのごはんある？」

つづみを連れて帰省したことは何度かある。その都度フードを持参するのも面倒なので、買い置きがある。確かまだパウチがいくつかあったはずだ。

「パウチもカリカリもありますよ」

返信のあとには、いつ仕入れたのか、つづみそっくりのはちわれ猫をイラスト化したスタンプが続いた。

これで安心だ。格子窓ごしにつづみに目配せする。

お弁当を食べ終えたところで、明日の待ち合わせに指定されたお寺の場所を調べようと、スマホを取り出す。それにしても、全国あちこち探しても見つからなかったのに、実家の近くにあったなんて。まさに灯台下暗《とうだいもとくら》しだ。検索アプリを開いて、お寺の名前を入力する。

「あ！」

そのお寺、『初山宝林寺《しょさんほうりんじ》』を開山したのは、売茶翁《ばいさおう》の師匠の師匠、つまり大師匠にあたる独湛性瑩《どくたんしょうけい》だった。心臓がドクンと鳴った。これまで旅先で度々《たびたび》出会ってきた売茶翁、その大師匠の前で、探してきたひいじじの器に出会える。いよいよだ。

「あら、仕事帰りだったの？」

玄関の上がり框《がまち》をのぼると、母が珍しそうに私を見る。「あら」は着物姿だったからだ。

「そ。大和路でお茶いれてきた」

「それで東京に戻る電車がなくなっちゃって、うちに駆け込んだわけね」

ビンゴでしょ、といわんばかりに自慢げに胸を張るが、そうではない。

「明日こっちで用事ができたの。急に決まってさ」

「ふーん」

この探偵は、自分の推理が外れたとなると途端に興味を失うらしい。顔はもうキャリーバッグに向かっている。

「つづみー。久しぶり。大きくなったわねえ」

猫はだいたい一年から一年半で成猫《せいびょう》になる。それからサイズ感はそんなに変化しない。この間、連れて帰省してから半年も経っていない。大きくは……なっていない。まあいいか。母はいそいそとキャリーバッグのフタを開け、つづみを取り出し、カリカリを入れた皿を置いたところに連れていっている。

「お風呂入ったら？　着物も疲れるでしょ」

こちらに顔も向けずにいう。それで思い出した。

「お母さん、着物貸してくれない？　明日お茶会に出なきゃいけないんだ」

いま着ているのは、仕事用の木綿《もめん》の着物。まあ、普段着みたいなものだ。お茶会に客として出席するとなると、これでは失礼にあたる。

「お茶会？　色無地《いろむじ》でいいわよね。一つ紋が付いているから十分じゃない？」

色無地はその名の通り、一色で染められた無地の着物のことだ。柄がない分、汎用性《はんようせい》が高くて、紋を付ければフォーマルな席にも使うことができる。紋の数が三つ、五つと増えるほど格が上がっていく、という仕組みだ。お茶会やパーティなら紋が一つあれば申し分ない。

「あと帯と長襦袢《ながじゅばん》も」

半襦袢は作業がしやすいよう、袖の部分が洋服の長袖のようになった筒袖だ。身動きがしやすいので、仕事にはもってこいだが、正式な場となると着物と同じ長さの袂《たもと》が欲しくなる。あれこれしきたりがうるさいように感じるが、それも文化だといえば仕方ない。

「はいはい」

という母の声を背にお風呂場に向かった。

脱衣所の引き出しに入っていたアニメのキャラクターが描かれたTシャツと、ポケットに高校の校章が刺繍《ししゅう》されているスウェットに着替えると、すっかり実家モードだ。なんだかんだいっても居心地がいい。つまりラクチンだ。洗った髪をバスタオルでくるんで頭の上にターバンスタイルにまとめながらリビングに戻ると、着物一式がすっかり用意されている。面倒な半襟《はんえり》付けも終わっている。さすが和裁士だ。首の後ろになるところはゆったりと、胸元になる身ごろのほうはきっちりとした縫い目を見ているだけでしゃんとする。私が適当に縫い付けたいつもの襟とは大違いだ。ありがたや、母上。

「明日、早いから自分で起きて行くよ」

母は寝られるものならいつまでも寝ていたいタイプだ。しかも父が出張中ならなおさらだ。

「送っていかなくていいの？」

「うん。バスで行く」

寝ぼけ眼《まなこ》の母の危うい運転に頼るつもりはない。

「もしかしたら帰りにおばあちゃんのところに寄ってくるかも」

無事に器に辿り着けたら……のことだけど。

有田の酒井《さかい》さんの話によると、明日のお茶会のご亭主《ていしゅ》が、阡鐵の湯のみのいまの所有者だという。お茶会の茶碗として使うということだろうか。とにかく出席すればわかる、とだけ伝えてきたそうだ。

「マンション？　よろしくいっておいて。来週のおじいちゃんの誕生日には顔出すからって」

あくびを嚙《か》み殺しながら、寝室に向かおうとした母が振り向く。

「冷蔵庫にヨーグルトといちごが入っているから食べていきなさいよ」

「お！」

急な帰省。ルーティンの朝食は諦めていたのだ。

「帰ってくるっていうから、慌ててスーパー行ってきたんだから」

甘えられる家族がいるっていいもんだ。

「あんがと」

お礼は照れ臭い。わざとぶっきらぼうにいってみた。

＊

明け切らない空に、ツバメが一羽飛んでいた。そういえば風子《ふうこ》の家の近くで巣立ったツバメは元気にしているだろうか。ひいじじの器を見ることができたら、風子に報告に行こう、と思った。

春とはいえ、この時間はまだ冷える。

さっき玄関で草履《ぞうり》に足を入れていたら、起きないはずの母が、寝室から顔を出した。スヌーピーのライナスみたいに、ブランケットにくるまったまま

「道行き持ってこようか」

と着物用のコートを取りに行こうとする。

「荷物になるからいらない」

と断って家を出る私を、これからのことを知ってか知らでか

「おきばりやす」

と送り出した。

「やっぱり道行き、借りてくればよかったかな」

呟きながら、ぶるっと身震いする。寒さのせいだけではない。これから起きることを考えての武者震いのほうが近かったかもしれない。

昨夜、なかなか寝付けなくて、自分のためにタロットカードをひいてみた。二十二枚のカード全《すべ》てを使うケルト十字だ。未来を示すカードに〈運命の輪〉、アドバイスカードは〈世界〉、最終結果には〈太陽〉。明日への勇気が貰える嬉しいカードが並んだ。

「では最後にこちらを」

と呟き、猫型のカードに記入するべく言葉を口の中で暗唱する。

ま　迷い猫
よ　夜更けにひとり
い　居住まい正し
ね　眠れぬ夜の
こ　こ、こ……

あれこれ言葉遊びをしているうちに、いつの間にか眠りに就《つ》いていた。

そんなことを思い出していると、道の向こうから、ひとりの男性が歩いてきた。

年の頃は私の父より少し上、六十代半ばくらいか。濃い紫色の色無地に紺《こん》の袴《はかま》。上には着物と同色の羽織《はおり》。痩せて小柄な体型なのに、重くのしかかるような迫力がある。

「たんぽぽさんですね」

低い声が静寂の中に響く。

「はい」

丹田《たんでん》にぐっと力を入れ、お辞儀をする。しばらくの間があってから、視線が私の左肩に移った。

「あ、猫なんですが、おとなしいので……」

やはり連れてくるべきじゃなかったか。でも、今日はどうしても同席させたかった。

ご亭主がじっと目を凝《こ》らす。格子窓ごしにつづみと対話しているふうだ。

「なるほど。酒井さんから伺っていました」

前もっていっておいてくれたのだ。助かった。まずはひとつの関門を突破した。

「知り合いの骨董商《こっとうしょう》から酒井さんのことを聞いたすぐあとに、三好《みよし》さんからも連絡がありました」

鳥取の民藝美術館の近くで骨董店を経営されている三好さんだ。覚えていてくれたんだ。旅先で出会った人たちの顔が次々と浮かぶ。

「このお寺を知っていますか？」

「はい。独湛性瑩が開山した初山宝林寺です」

調べておいてよかった。

「現代の売茶翁だ、と酒井さんや三好さんがおっしゃっていたので、ここで会おうと思ったのです」

急な階段の先では、こけら葺《ぶ》きの屋根が朝露《あさつゆ》を帯びてじっとりと濡《ぬ》れている。朝《あさ》靄《もや》の中での対面は、武士の決戦のはじまりのようでもあり、泣き別れした兄弟の再会の一幕のようでもある。そのどちらにもありそうな緊迫した空気が、二人の間を擦り抜けていく。

「寺の裏に座敷を取ってあります」

と先に立って案内される。お茶会や法事などにも使える貸し茶室だ。ブロックを積み上げた外塀には茶道教室の案内も出ている。

玄関を入り、八畳間に通される。掛け軸には「六碗通仙霊」の文字。盧仝《ろどう》の『茶《ちゃ》歌《か》』の一節だ。部屋の中には誰もいない。

「あの、お茶会って……」

「客はあなたひとりです。これからうちの社中《しゃちゅう》がお茶のご用意をします」

抹茶《まっちゃ》か煎茶《せんちゃ》か。いずれにせよ作法がちゃんとできるか怪しい。こんなことなら事前に手順をググっておくべきだった。げんなりしていると、襖《ふすま》が開いて、着物姿の女性が、盆に五客の白磁の煎茶碗を載せて入ってきた。

煎茶碗は片方の手のひらで包み込めるくらいに小さい。お酒を飲むお猪口《ちょこ》をほんの少し大きくしたくらいだ。噂《うわさ》に聞いていた幻の器とは違うようだ。

どういうことだろうと思いながら、障子から漏れるかすかな光の中で目を凝らすと、その五客の器にはすでに緑茶が注がれていた。

茶歌舞伎《ちゃかぶき》だ。

茶種や産地などを当てる、いわゆる「聞き茶」のことだ。かつて武士や僧侶の間で楽しまれた風流な遊びで、「闘茶《とうちゃ》」と呼ばれることもある。

私の前に五つの茶碗が並ぶ。女性が奥に戻ると、ご亭主が重い口を開いた。

「この中にひとつ、静岡のお茶があります。それを教えてください」

これは試験だ。私は試されているのだ。これを当てたら、なんらかの形で幻の器に対面させてくれるということなのだろう。

私は音を漏らさないように、静かに息を吐く。地元のお茶だ。多分わかるはずだ。左から順に口をつけていく。

「美味しい」

ホッとしている場合じゃない。でもとても美味しくいれられている。五つの茶碗の中身を一通り一口ずつ飲んでみる。

静岡のお茶？　わからない。上手《うま》くいれられすぎている。どれも旨《うま》みが前面に出て、産地独自の特色がかえって隠れてしまっている。落ち着こう。まず一番左。これは丸い、というよりはすっきりしている。おそらく埼玉か、もしかしたら東北かもしれない。その次。煎茶というよりは甘茶のような草木の香りが強い。素朴な味わいは島根か富山か。一番右、これは福岡。旨みをぎゅっと凝縮した味は九州の風土でしか出せない。あとは真ん中の二つのどちらかだ。おそらく一方が京都、一方が静岡。

本来なら全く性質の違う茶葉なのに、そっくり同じに感じる。知識を総動員させる。静岡でここまでまろやかに出すとなると、里の深蒸し茶、しかも新茶を秋まで熟成させてから仕上げた蔵出し茶だ。京都のお茶は浅蒸しに仕上げる。深蒸しなら湯のみの底に微細な茶葉が沈むはず。器を持ち上げて目を近づけるが、室内の暗さではっきり見えない。もう一度、二つのお茶を交互に口に運ぶ。飲み込むのではなく、ほんのわずか一滴を口に含み、舌の上で転がす。

「ぽたりぽたり」

大和路の店先で学生さんが暗唱してくれた漱石《そうせき》の『草枕《くさまくら》』を思い出しながら、

やってみる。

京都のお茶は隅々まではんなりと上品だが、静岡なら、尖《とが》った苦みの要素がどこかにあるはず。ゆっくり鼻から息を吐く。そのとき、懐かしいような緑の香りとともにかすかな苦みが口に残った。

「茶葉の声を聞いているのね」

披露宴会場の庭園で、新婦の伯母さんがそういってくれた。

「お茶の力を信じましょう」

大和路のお茶屋『九乃園《くのえん》』の三代目店主、沢渡《さわたり》さんと誓った。

「茶只清心徳似仁《ちゃはただこころをきよむとくじんににたり》。お茶はただ心を清らかにするだけだが、その功徳《くどく》は仁にも近い」

有田の骨董店の酒井さんからは、売茶翁が詠んだそんな言葉をかけられていた。

そう。お茶は必ず私に寄り添ってくれるはず。

一碗で喉を潤《うるお》し、二碗で孤独さがなくなる。三碗飲んだら勉学に勤《いそ》しみたくなり、四碗でストレスが消える。五碗めを飲む頃には、全身が清らかになる。

売茶翁が茶をもてなす際の手本としていた盧仝の『茶歌』の一節に、こんな意味のことが書かれている。

一碗、二碗……と心の中で反芻《はんすう》しながら飲み、そして私の目の前に並んだ五つの茶碗が空になった。

私は器を畳に置いて、顔を上げた。ご亭主の目をまっすぐに見る。

「これです。静岡のお茶はこの三番めのお茶です」

張り詰めた空気。時が止まっているのかというほど長く感じた。そして

「さすがは現代の売茶翁。そして阡鐵の曾孫。おみそれしました」

両手のひらをしっかり畳につけた真のお辞儀がその返事だった。

『茶歌』はこう続く。この部屋の軸にも書かれている言葉だ。

六碗通仙霊

六碗めには霊にも通じ仙人となる。

これが売茶翁の茶店の名前「通仙亭」の由来だ。そしてこんな言葉で締めくくられている。

唯覚両腋習　習　清風　生《ただおぼゆりょうわきのしゅうしゅうとしてせいふうしょうずるを》

あとはただ、清らかな風が吹くのみ……。通仙亭の茶旗に書かれていた「清風」。それだ。

あまりに緊張していたせいか、指の先が小さく震えていることに気付き、両手をさすった。そこでようやくまわりに目をやる余裕が出て、脇に置いたキャリーバッグを見ると、つづみもじっと前を見据《みす》えていた。その視線に誘われたのか、ご亭主がつづみを見て小さく頷く。そして

「お願いします」

と水屋に声をかけた。やがてして、先ほどの女性が、すみれ色の風呂敷《ふろしき》に包まれたものをご亭主に渡す。いったん畳に置き、風呂敷を丁寧に開く。桐の箱のフタを両手で外し、中から握りこぶしほどの器を取り出した。

「きれい」

思わず口をついて出た。ご亭主の手の中のそれは、珊瑚《さんご》のような淡い桃色で、暗い室内に漏れる光を集め、静かに輝いていた。

「阡鐵の汲《く》み出し茶碗です」

厚さは一ミリに満たないほどの薄づくり。触ったら壊れてしまいそうに繊細だ。

「薄づくりですが、とても丈夫です。手に取ってみてください」

促されておそるおそる右手で持ち上げ、左手のひらにのせる。すると手の中に吸い付くように収まった。安心感に包まれる。

「珍しい色って聞いていましたが、本当ですね」

器の中を覗き込むと、桃色の海に沈み込むように感じる。

「はい。とても珍しい。彼の作品は『阡鐵の碧《あお》』と呼ばれる透き通るような青緑色が特徴です。もちろん褐色の釉薬《ゆうやく》を使ったものや白磁《はくじ》のものもありますが、こうした淡い暖色系は極めて稀《まれ》です。それにもうひとつ不可解なことがあるのです。それゆえこれまで『幻の器』と評されてきたのです」

「どういうことでしょうか」

「この銘です」

そういって、さきほど外した桐の箱のフタを私の前に置く。フタにはこの器の銘、つまり名前が墨で書かれている。箱書きと呼ばれるものだ。

「秋月？」

「ええ。そしてこちら」

銘といわれた「秋月」の文字の左下を指さす。弥生《やよい》二拾八と読めた。

「おそらく作陶した日だと思います。作りはじめた日か完成した日か、窯に入れた日という可能性もあります。三月二十八日。いずれにせよ、秋の月というのはどういうことなのだろうか。収集家の間でも不思議に思われているのです」

「祖父の……」

声にならなかった。

「え?」

「その日は阡鐵の息子の誕生日です」

ご亭主が勘ぐるような視線をこちらに向ける。

「おじいさま、お名前はなんとおっしゃるのでしょう」

「晴一朗です」

せいいちろう、と読む。でも祖母は愛情を持って「ハルさん」と呼んでいた。

「晴……。そうか、『晴雲秋月《せいうんしゅうげつ》』か。澄み切った心、といった意味でしょうか。一点の曇りもない、紛《まぎ》れもなく晴れがましい気持ち。それをこの器に表したのかもしれません」

祖父の誕生日。

「桜餅《さくらもち》を作ったからいらっしゃい」

幼い頃の記憶が一気に甦《よみがえ》る。祖父の写真の前に手づくりの桜餅を置いて、祖母はいう。

「おじいちゃんは桜が満開の日に産まれたっていうのが自慢だったのよ」

そういって桜の枝を飾っていた。あの枝は多分、茶園の山、ひいじじの工房にあった桜の木だ。

「この器の色は、桜をイメージしたんだと思います。その日満開だった桜の花を」

*

触らせたくないから器を処分した。そうではなく、息子への強い想いを見せたくなかった意地や照れ、それからそれを知ったときに本人が悔《く》やむことのないように、その重圧を取り除くためのひいじじなりのやさしさだったのかもしれない。

「んなっ」

「あれ？　つづみもそう思うの？」

茶色のキャリーバッグを持ち上げると、格子窓ごしのつづみと目が合った。

「そういえば、つづみの目ってエメラルドグリーンだね」

エメラルドグリーン……。青緑色。「碧」だ。私はそっと声を潜《ひそ》めて呟いてみる。

「ひいじじ？　そうなの？」

それには答えず、くるりと丸くなった。

私の腕の中にはいま、すみれ色の風呂敷に包まれた箱がある。箱の中の器は薄づくりで軽いはずなのに、ずしりとした重量を感じる。

さきほどの茶室。拝見を終えた阡鐵の器をご亭主に返そうとした。すると

「それはあなたに差し上げます」

思ってもみなかったことをいわれた。

「私は収集家です。だから気に入ったものを、たとえ作者のご親族とはいえ、簡単に手放すようなことはしません」

「じゃあ、なぜ?」

「最初は『現代の売茶翁』というから、どんなものかと思っただけです。でもあなたに会ってみて、お茶に真摯《しんし》に向かい、心から寄り添いながら接する姿を見て、茶が、そして器があなたを選んだ、と感じたのです。この器はあなたの手元にあるべきだ、と」

そして帰り際、ご亭主がいった言葉が甦る。

「おじいさま……晴一朗さんは、何か海に関するお仕事や研究をされていらっしゃいましたか?　例えば海洋学とか」

「いえ、国語教師をやりながら詩を書いていましたが……」

といってから思い出した。

「そういえば第一詩集のタイトルが『海』でした」

「なるほど」

深く二度、三度、頷く。

「いや実は、まだ阡鐵作の器で隠れた名作があるらしいのです。噂によると海を題材に作ったものだという。それはまだ私も目にしたことがありません」

私の器探しの旅はどうやらまだ続くようだ。詩人だった祖父をどんな風に認め、密《ひそ》かに応援していたのか。それを教えてくれる器、いつかきっと出会えるだろう。

それからこうもいっていた。

「阡鐵の花器はご存知ですか?」

「はい。祖母の家にありました」

「祖母……というと阡鐵の息子の嫁か。そういうことか」

「花器が何か?」

「それはおそらく、その嫁、つまりあなたのおばあさまのために作ったものです。阡鐵の工房で一時期働いていて、のちに佰鐵《ひゃくてつ》と名乗った陶芸家がいます」

「その方の作品でしたら見たことがあります」

東京郊外の古民家レストランで見かけた花器のことを思い出す。

「そうですか。彼がまだ存命だった頃に一度会ったことがあるのですが、晩年、植物が好きな家族に遺すために阡鐵は花器を作っていたようだ、と話していました。佰鐵はその志に感銘をうけて、以来ずっと花器を作陶していたのです」

祖母は決して嫌われていたわけじゃない。茶園を管理している姿を見て、植物が好きで、育てるのが上手だっていうのをちゃんと認めてくれていたんだ。

気象予報によると、来週末あたりが桜の見頃だそうだ。祖父の誕生日には、祖母に教わって桜餅を作ってみよう。それに合うお茶は……。

ああ、美味しいお茶が飲みたくなった。

私はすみれ色の風呂敷を両手でしっかりと抱え直して、祖母のいるマンションへの道のりを急いだ。

売茶翁の足跡については、ノーマン・ワデル著、樋口章信訳『売茶翁の生涯』（思文閣出版）を参考にさせていただきました。
また盧仝の『茶歌』の一部は同書より引用いたしました。
『草枕』の一節は、新潮文庫より引用いたしました。

なお、文中に登場する場所や人物は全てフィクションです。実在のものとは一切関係ありません。

本書は、書き下ろし作品です。

著者紹介
標野 凪（しめの　なぎ）
静岡県浜松市出身。東京、福岡、札幌と移り住む。福岡で開業し、現在は東京都内にて小さなお店を切り盛りしている現役カフェ店主でもある。
2018年「第1回おいしい文学賞」にて最終候補となり、2019年に『終電前のちょいごはん 薬院文月のみかづきレシピ』（ポプラ文庫ピュアフル）でデビュー。続編に『終電前のちょいごはん 薬院文月のみちくさレシピ』（ポプラ文庫ピュアフル）がある。

ＰＨＰ文芸文庫　占い日本茶カフェ「迷い猫」

2021年3月18日　第1版第1刷
2023年5月5日　第1版第5刷

著　者　標野凪
発行者　永田貴之
発行所　株式会社ＰＨＰ研究所
東京本部　〒135-8137 江東区豊洲5-6-52
文化事業部 ☎03-3520-9620（編集）
普及部 ☎03-3520-9630（販売）
京都本部　〒601-8411 京都市南区西九条北ノ内町11
PHP INTERFACE　https://www.php.co.jp/
組　版　有限会社エヴリ・シンク
印刷所　図書印刷株式会社
製本所　東京美術紙工協業組合

ISBN978-4-569-90110-7

PHP文芸文庫

伝言猫がカフェにいます

標野凪 著

「会いたいけど、もう会えない人に会わせてくれる」と噂のカフェ・ポン。そこにいる「伝言猫」が思いを繋ぐ？　感動の連作短編集。

PHP文芸文庫

金沢 洋食屋ななかまど物語

上田聡子 著

洋食屋の一人娘・千夏にはずっと想い人がいた。しかし、父は店に迎えたコックを婿にしたいらしく……。金沢を舞台に綴る純愛物語。

PHP文芸文庫

怪談喫茶ニライカナイ

蒼月海里　著

「貴方の怪異、頂戴しました」――。怪談を集める不思議な店主がいる喫茶店の秘密とは。東京の臨海都市にまつわる謎を巡る傑作ホラー。

PHP文芸文庫

京都祇園もも吉庵のあまから帖

志賀内泰弘　著

京都祇園には、元芸妓の女将が営む「一見さんお断り」の甘味処があるという——。ときにほろ苦くも心あたたまる、感動の連作短編集。

PHP文芸文庫

新選組のレシピ

市宮早記　著

現代の女性料理人が幕末にタイムスリップ！　そこで出会った壬生浪士たちに料理番として雇われることに……。彼女の運命はどうなる⁉

PHP文芸文庫

うちの神様知りませんか？

市宮早記 著

なぜか神様が失踪してしまった神社を舞台に、その神様の行方を追いながら、妖狐×女子大生×狛犬が織りなす、感動の青春物語。

PHP文芸文庫

美人のつくり方

椰月美智子 著

あなたの第一印象、そのままでいいですか？　イメージコンサルタントに「きれいになりたい」と相談した人たちの心情を描く連作小説。

PHP文芸文庫

四色《よしき》の藍《あい》

西條奈加 著

夫を何者かに殺された藍染屋の女将は、同じ事情を抱える女たちと出会い、仇討に挑む。女四人の活躍と心情を鮮やかに描く痛快時代小説。